語言鳥 **P**arrot

語言是通往世界的橋梁

語言鳥 **P**arrot
語言是通往世界的橋梁

語言鳥 **P**arrot

MP3
附40音發音表

從零開始學 ♪
韓語會話
Basic Korean Conversation
제로부터 배우는 한국어 회화

一本，讓你輕鬆帶著走！

企編
편저

初學者必學的韓語會話！

據各種話題，同時整理出會話、文法、單字，
充例句，讓初學者的你不小心就學會韓語，
和韓國人聊天不再有口難言！

韓國文字的結構

韓文為表音文字，分為子音和母音，韓文字就是由子音和母音所組合而成。基本母音和子音各為10個字和14個字，總共24個字。基本母音和子音在經過組合之後，形成 16 個複合母音和子音，提高其整體組織性，這就是「韓語40音」。

每個韓文字代表一個音節，每音節最多有四個音素，而每字的結構最多由五個字母來組成，其組合方式有以下幾種：

1. 子音加母音，例如：나（我）
2. 子音加母音加子音，例如：방（房間）
3. 子音加複合母音，例如：귀（耳）
4. 子音加複合母音加子音，例如：광（光）
5. 一個子音加母音加兩個子音，例如：값（價錢）

韓語 40 音發音對照表

一、基本母音（10個）

	ㅏ	ㅑ	ㅓ	ㅕ	ㅗ	ㅛ	ㅜ	ㅠ	ㅡ	ㅣ
名稱	아	야	어	여	오	요	우	유	으	이
拼音發音	a	ya	eo	yeo	o	yo	u	yu	eu	i
注音發音	ㄚ	ㄧㄚ	ㄜ	ㄧㄜ	ㄡ	ㄧㄡ	ㄨ	ㄧㄨ	(ㄜ)	ㄧ

[說 明]

- 韓語母音「ㅡ」的發音和「ㄜ」發音有差異，但嘴型要拉開，牙齒快要咬住的狀態，才發得準。
- 韓語母音「ㅓ」的嘴型比「ㅗ」還要大，整個嘴巴要張開成「大Ｏ」的形狀，「ㅗ」的嘴型則較小，整個嘴巴縮小到只有「小o」的嘴型，類似注音「ㄡ」。
- 韓語母音「ㅕ」的嘴型比「ㅛ」還要大，整個嘴巴要張開成「大Ｏ」的形狀，類似注音「ㄧㄜ」，「ㅛ」的嘴型則較小，整個嘴巴縮小到只有「小o」的嘴型，類似注音「ㄧㄡ」。

二、基本子音（10個）

	ㄱ	ㄴ	ㄷ	ㄹ	ㅁ	ㅂ	ㅅ	ㅇ	ㅈ	ㅊ
名稱	기역	니은	디귿	리을	미음	비읍	시옷	이응	지읒	치읓
拼音發音	k/g	n	t/d	r/l	m	p/b	s	ng	j	ch
注音發音	ㄎ	ㄋ	ㄊ	ㄌ	ㄇ	ㄆ	ㄙ,(ㄒ)	不發音	ㄗ	ㄘ

說　明

- 韓語子音「ㅅ」有時讀作「ㄙ」的音，有時則讀作「ㄒ」的音，「ㄒ」音是跟母音「ㅣ」搭在一塊時才會出現。
- 韓語子音「ㅇ」放在前面或上面不發音；放在下面則讀作「ng」的音，像是用鼻音發「嗯」的音。
- 韓語子音「ㅈ」的發音和注音「ㄗ」類似，但是發音的時候更輕，氣更弱一些。

三、基本子音（氣音4個）

		ㅋ	ㅌ	ㅍ	ㅎ
名　稱		키읔	티읕	피읖	히읗
拼音發音		k	t	p	h
注音發音		ㄎ	ㄊ	ㄆ	ㄏ

說　明

- 韓語子音「ㅋ」比「ㄱ」的較重，有用到喉頭的音，音調類似國語的四聲。
  ㅋ＝ㄱ＋ㅎ
- 韓語子音「ㅌ」比「ㄷ」的較重，有用到喉頭的音，音調類似國語的四聲。
  ㅌ＝ㄷ＋ㅎ
- 韓語子音「ㅍ」比「ㅂ」的較重，有用到喉頭的音，音調類似國語的四聲。
  ㅍ＝ㅂ＋ㅎ

四、複合母音（11個）

	ㅐ	ㅒ	ㅔ	ㅖ	ㅘ	ㅙ	ㅚ	ㅞ	ㅝ	ㅟ	ㅢ
名稱	애	얘	에	예	와	왜	외	웨	워	위	의
拼音發音	ae	yae	e	ye	wa	w ae	oe	we	wo	wi	ui
注音發音	ㄝ	ㄧㄝ	ㄟ	ㄧㄟ	ㄨㄚ	ㄨㄝ	ㄨㄟ	ㄨㄟ	ㄨㄛ	ㄨㄧ	ㄜㄧ

說 明

- 韓語母音「ㅐ」比「ㅔ」的嘴型大，舌頭的位置比較下面，發音類似「ae」；「ㅔ」的嘴型較小，舌頭的位置在中間，發音類似「e」。不過一般韓國人讀這兩個發音都很像。

- 韓語母音「ㅒ」比「ㅖ」的嘴型大，舌頭的位置比較下面，發音類似「yae」；「ㅖ」的嘴型較小，舌頭的位置在中間，發音類似「ye」。不過很多韓國人讀這兩個發音都很像。

- 韓語母音「ㅚ」和「ㅞ」比「ㅙ」的嘴型小些，「ㅙ」的嘴型是圓的；「ㅚ」、「ㅞ」則是一樣的發音，不過很多韓國人讀這三個發音都很像，都是發類似「we」的音。

五、複合子音（5個）

	ㄲ	ㄸ	ㅃ	ㅆ	ㅉ
名　稱	쌍기역	쌍디귿	쌍비읍	쌍시옷	쌍지읒
拼音發音	kk	tt	pp	ss	jj
注音發音	ㄍ	ㄉ	ㄅ	ㄙ	ㄗ

[說 明]

- 韓語子音「ㅆ」比「ㅅ」用喉嚨發重音，音調類似國語的四聲。
- 韓語子音「ㅉ」比「ㅈ」用喉嚨發重音，音調類似國語的四聲。

六、韓語發音練習

	ㅏ	ㅑ	ㅓ	ㅕ	ㅗ	ㅛ	ㅜ	ㅠ	ㅡ	ㅣ
ㄱ	가	갸	거	겨	고	교	구	규	그	기
ㄴ	나	냐	너	녀	노	뇨	누	뉴	느	니
ㄷ	다	댜	더	뎌	도	됴	두	듀	드	디
ㄹ	라	랴	러	려	로	료	루	류	르	리
ㅁ	마	먀	머	며	모	묘	무	뮤	므	미
ㅂ	바	뱌	버	벼	보	뵤	부	뷰	브	비
ㅅ	사	샤	서	셔	소	쇼	수	슈	스	시
ㅇ	아	야	어	여	오	요	우	유	으	이
ㅈ	자	쟈	저	져	조	죠	주	쥬	즈	지
ㅊ	차	챠	처	쳐	초	쵸	추	츄	츠	치
ㅋ	카	캬	커	켜	코	쿄	쿠	큐	크	키
ㅌ	타	탸	터	텨	토	툐	투	튜	트	티
ㅍ	파	퍄	퍼	펴	포	표	푸	퓨	프	피
ㅎ	하	햐	허	혀	호	효	후	휴	흐	히
ㄲ	까	꺄	꺼	껴	꼬	꾜	꾸	뀨	끄	끼
ㄸ	따	땨	떠	뗘	또	뚀	뚜	뜌	뜨	띠
ㅃ	빠	뺘	뻐	뼈	뽀	뾰	뿌	쀼	쁘	삐
ㅆ	싸	쌰	써	쎠	쏘	쑈	쑤	쓔	쓰	씨
ㅉ	짜	쨔	쩌	쪄	쪼	쬬	쭈	쮸	쯔	찌

PART 01

禮儀
예 절

식 사
用餐

교통
交通

PART 04

일 상 생 활
日常生活

PART 05

_{쇼 핑}
購物

PART 06

의사소통
溝通

PART 06

의사소통
溝通

PART 07

감정표현
感情表現

PART 07

감 정 표 현
感情表現

예 절
禮儀

問候

韓文 인사말
發音 in sa mal

008

情境會話

A：안녕하세요.※
an nyeong ha se yo
你好嗎？

B：안녕하세요. 기말 시험이 다 끝났어요?
an nyeong ha se yo gi mal ssi heo mi da
kkeun na sseo yo
你好，期末考都結束了嗎？

A：네, 어제 다 끝났어요.
ne eo je da kkeun na sseo yo
是的，昨天都考完了。

B：그럼 오늘부터 여름 방학이죠?
geu reom o neul ppu teo yeo reum bang
ha gi jyo
那從今天開始就是暑假囉？

A：네.
ne
是啊。

關鍵說明

※「안녕하세요」是韓國人最常使用的打招呼用
語，在任何時候、任何地點都可以拿來使用，相當

於中文的「您好」。較正式的用法還有「안녕하십니까?」，這是相當尊敬對方的用法，一般使用的對象為做生意的場合、上司、長輩等。

關鍵單字

시험　名　si heom　考試

다　副　da　全部 / 都

끝나다　動　kkeun na da　結束 / 完結

어제　名　eo je　昨天

오늘　名　o neul　今天

 相關例句

좋은 아침입니다.
jo eun a chi mim ni da
早安。

오늘 하루는 어땠어요?
o neul ha ru neun eo ttae sseo yo
你今天一天過得怎麼樣？

안녕하세요. 출근하십니까?
an nyeong ha se yo chul geun ha sim ni kka
您好，要去上班嗎？

023

오늘 바쁘세요?

o neul ppa ppeu se yo

今天忙嗎？

식사는 하셨어요?

sik ssa neun ha syeo sseo yo

吃過飯了嗎？

직장생활은 어떠세요?

jik jjang saeng hwa reun eo tteo se yo

工作做得怎麼樣？

건강하셨어요?

geon gang ha syeo sseo yo

你身體好嗎？

어디 가세요?

eo di ga se yo

你要去哪裡？

요즘 어때요?

yo jeum eo ttae yo

最近過得如何？

잘 다녀오셨어요?

jal tta nyeo o syeo sseo yo
您回來啦？

相 關 補 充

- 晚上招呼語。

안녕히 주무세요.
an nyeong hi ju mu se yo
晚安。

잘 자.
jal jja
晚安。

안녕히 주무셨어요?
an nyeong hi ju mu syeo sseo yo
您睡得好嗎？

어제 잘 잤어요?
eo je jal jja sseo yo
昨天你睡得好嗎？

잘 잤니?
jal jjan ni
你睡得好嗎？

덕분에 아주 푹 잘 잤어요.

deok ppu ne a ju puk jal jja sseo yo

託你的福我睡得很好。

전 베개가 바뀌면 잠을 잘 못 자요.

jeon be gae ga ba kkwi myeon ja meul jjal mot ja yo

我換枕頭會睡不好。

편히 쉬세요.

pyeon hi swi se yo

好好休息。

좋은 꿈 꾸세요.

jo eun kkum kku se yo

祝你有個好夢。

빨리 일어나요!

ppal li i reo na yo

快點起床！

어서 일어나야지.

eo seo i reo na ya ji

快點起床了。

離別招呼語

韓文 작별 인사
發音 jak ppyeol in sa

009

情境會話

A : 그럼 전 먼저 갈게요.
geu reom jeon meon jeo gal kke yo
那我先走了。

B : 내일 절대 지각하지 말고 제시간에 와야
돼요.
nae il jeol dae ji ga ka ji mal kko je si ga
ne wa ya dwae yo
明天絕對不可以遲到，要準時來喔！

A : 알았어요. 내일 봐요.
a ra sseo yo nae il bwa yo
知道了，明天見。

關鍵說明

如果要向他人道別，一般都會使用「안녕히 가세
요」或「안녕히 계세요」；意思相當於中文的「再
見」。「안녕히 계세요」是要離開的人對留在原地
的人使用的；「안녕히 가세요.」是留在原地的人
對要離開的人使用的。

關鍵單字

그럼 圖 geu reom 那麼

먼저	副	meon jeo	先 / 首先
가다	動	ga da	去 / 前往
내일	名	nae il	明天
오다	動	o da	來
알다	動	al tta	知道

相關例句

안녕히 가세요.
an nyeong hi ga se yo.
再見。（向離開要走的人）

안녕히 계세요.
an nyeong hi gye se yo
再見。（向留在原地的人）

이따 봐요.
i tta bwa yo
待會見！

안녕, 내일 봐.
an nyeong nae il bwa
拜拜，明天見。

다음에 또 만나요.

da eu me tto man na yo
下次再見。

또 올게요.
tto ol ge yo
我會再來的。

살펴 가십시오.
sal pyeo ga sip ssi o
請慢走。

조심해서 가세요.
jo sim hae seo ga se yo
小心慢走。

운전 조심해서 가세요.
un jeon jo sim hae seo ga se yo
開車小心喔！

가 봐야겠어요.
ga bwa ya ge sseo yo
我該走了。

그럼 이만.
geu reom i man

那我先離開了。

먼저 가겠습니다.
meon jeo ga get sseum ni da
我先走了。

이제 가야 될 것 같습니다.
i je ga ya doel geot gat sseum ni da
我現在該走了。

그럼 다음에 뵙겠습니다.
geu reom da eu me boep kket sseum ni da.
那麼下次見。

가고 싶지 않지만 가야 할 시간이에요.
ga go sip jji an chi man ga ya hal ssi ga ni e yo
雖然還不想走，但已經是該走的時間了。

별일 없으면 이만 가보겠습니다.
byeo ril eop sseu myeon i man ga bo get sseum
ni da
沒什麼事的話，我先走了。

배웅하실 것 없어요. 나오시지 마세요.
bae ung ha sil geot eop sseo yo na o si ji ma se

yo.

不用送我，請留步。

우리 여기서 작별인사 합시다.

u ri yeo gi seo jak ppyeo rin sa hap ssi da

我們在這裡道別吧。

相 關 補 充

- 道別客套話

역까지 바래다 드릴게요.

yeok kka ji ba rae da deu ril ge yo

我送你到車站吧。

또 봐요. 연락할게요.

tto bwa yo yeol la kal kke yo

再見，我會打電話給你。

몸을 잘 돌보십시오.

mo meul jjal ttol bo sip ssi o

請多多保重。

폐를 끼쳤습니다.

pye reul kki cheot sseum ni da

給您添麻煩了。

잘 지내세요.
jal jji nae se yo
保重。

수고하세요.
su go ha se yo
辛苦了。

만나서 정말 반가웠습니다.
man na seo jeong mal ppan ga wot sseum ni da
見到你真的很高興。

얘기 즐거웠습니다.
yae gi jeul kkeo wot sseum ni da
和你聊得很愉快。

또 놀러 와요.
tto nol leo wa yo
再來玩喔！

앞으로 시간 있으면 자주 놀러 오세요.
a peu ro si gan i sseu myeon ja ju nol leo o se yo
以後有時間，請常來玩。

그럼 잘 있어요.

geu reom jal i sseo yo
保重。

나중에 다시 만납시다.
na jung e da si man nap ssi da
我們以後再見吧！

오늘 만나 뵙게 되어 반가웠습니다.
o neul man na boep kke doe eo ban ga wot
sseum ni da
今天見到你很高興。

道謝

韓文 감사의 말
發音 gam sa ui mal

 010

情境會話

A : 호텔까지 데려다 주셔서 고맙습니다.
ho tel kka ji de ryeo da ju syeo seo go
map sseum ni da
謝謝你帶我回飯店。

B : 아닙니다. 제가 마땅히 해야 할 일입니다.
a nim ni da je ga ma ttang hi hae ya hal i
rim ni da
不會，這是我應該做的事。

A : 그럼 운전 조심해서 가세요.
geu reom un jeon jo sim hae seo ga se yo
您回去開車小心。

B : 네. 추우니까※ 빨리 들어가세요.
ne chu u ni kka ppal li deu reo ga se yo
好的，天氣冷你快進去吧。

關鍵文法

※「(으)니까」接在動詞、形容詞或이다後方，表示理由或原因，相當於中文的「因為...」。當語幹以母音或ㄹ結束時，就使用니까；當語幹以子音結束時，就要使用으니까。「(으)니까」的前方可以接時態았/었或겠，也可以和祈使句或勸誘句一起使

用。

關鍵單字

호텔　名　ho tel　飯店

데리다　動　de ri da　帶領

일　名　il　事情 / 工作

운전　名　un jeon　開車

조심하다　動　jo sim ha da　小心

빨리　副　ppal li　趕緊 / 趕快

 相關例句

고맙습니다.

go map sseum ni da

謝謝你。

감사합니다.

gam sa ham ni da

謝謝你。

도와 줘서 고마워요.

do wa jwo seo go ma wo yo

謝謝你幫助我。

여러 가지로 고마워요.

yeo reo ga ji ro go ma wo yo

在各方面都謝謝你。

너무 잘해 주셔서 감사합니다.

neo mu jal hae ju syeo seo gam sa ham ni da

謝謝你對我那麼好。

알려 줘서 고마워요.

al lyeo jwo seo go ma wo yo

謝謝你告訴我。

지도해 주셔서 감사합니다.

ji do hae ju syeo seo gam sa ham ni da

謝謝您的指教。

신세 많이 졌습니다.

sin se ma ni jeot sseum ni da

謝謝你的關照。（給您添麻煩了。）

은혜는 잊지 않겠습니다.

eun hye neun it jji an ket sseum ni da

我不會忘記你的恩情的。

시간 내 주셔서 정말 감사합니다.

si gan nae ju syeo seo jeong mal kkam sa ham

ni da
謝謝你抽時間給我。

많은 도움 진심으로 감사드립니다.
ma neun do um jin si meu ro gam sa deu rim ni
da
真心感謝你幫助我這麼多。

살았다! 정말 고마워!
sa rat tta jeong mal kko ma wo
你救了我,真的謝謝你!

모두 도와 주신 덕분입니다.
mo du do wa ju sin deok ppu nim ni da
都是多虧了你的幫忙。

그렇게 해 주시면 감사하겠습니다.
geu reo ke hae ju si myeon gam sa ha get sse-
um ni da
如果你能那樣幫我,我會很感謝你。

생일 선물 고마워요.
saeng il seon mul go ma wo yo
謝謝你給我的生日禮物。

그동안 감사했습니다.

geu dong an gam sa haet sseum ni da

一直以來謝謝你。

고맙습니다. 이게 모두 여러분의 공로입니다.

go map sseum ni da i ge mo du yeo reo bu nui

gong no im ni da

謝謝，這都是各位的功勞。

다행이에요.

da haeng i e yo

謝天謝地！

감사합니다. 너무 친절하시군요.

gam sa ham ni da neo mu chin jeol ha si gu nyo

謝謝你，你人真好。

相 關 補 充

- 回應道謝

도움이 되어 다행입니다.

do u mi doe eo da haeng im ni da

我很高興能幫得上忙。

천만에요.

cheon ma ne yo
不客氣。

별 말씀을요.
byeol mal sseu meu ryo
哪裡的話。

감사할 것 없습니다.
gam sa hal kkeot eop sseum ni da
不需道謝。

제가 도와준 것은 아무것도 없습니다.
je ga do wa jun geo seun a mu geot tto eop
sseum ni da
我什麼也沒幫上忙。

고맙긴요.
go map kki nyo.
不用謝。

道歉與原諒

韓文 사과와 용서
發音 sa gwa wa yong seo

011

情境會話

A : 어제 왜 나한테 전화하지 않았어요?

eo je wae na han te jeon hwa ha ji a na

sseo yo

昨天你為什麼沒有打電話給我。

B : 미안해요. 어제 너무 바빠서※ 잊고 있었어

요.

mi an hae yo eo je neo mu ba ppa seo it

kko i sseo sseo yo

對不起，我昨天太忙忘記了。

A : 내가 그쪽 전화를 얼마나 기다렸는지 알아

요?

nae ga geu jjok jeon hwa reul eol ma na

gi da ryeon neun ji a ra yo

你知道我等你的電話等了多久嗎？

B : 정말 미안해요.

jeong mal mi an hae yo

真的很對不起。

關鍵文法

※「아/어서」接在動詞、形容詞或이다後方，用來
表示前面的子句是後面子句的的原因或理由，相當

於中文的「因為...所以...」。如果語幹的母音是「ㅏ.ㅗ」時，就接「아서」；如果語幹的母音不是「ㅏ.ㅗ」時，就接어서；如果是하다類的動詞，就接여서，兩者結合後會變成해서。如果接在이다後方，就要使用이어서或이라서。在一般的對話中，使用이라서。要特別注意的一點是時態았/었(過去)、겠(未來)等，不可加在아/어서前方。

關鍵單字

어제	名	eo je	昨天
전화	名	jeon hwa	電話
너무	副	neo mu	太
바쁘다	形	ba ppeu da	忙碌
잊다	動	it tta	忘記
기다리다	動	gi da ri da	等待

 相關例句

미안해요.
mi an hae yo
對不起。

미안.
mi an
對不起。

정말로 죄송합니다.
jeong mal lo joe song ham ni da
實在對不起。

미안하게 됐어요.
mi an ha ge dwae sseo yo
對不起你。

죄송합니다. 다음부터 주의하겠습니다.
joe song ham ni da da eum bu teo ju ui ha get
sseum ni da
對不起，我以後會注意。

어떻게 사죄의 말씀을 드려야 할지 모르겠습니다.
eo tteo ke sa joe ui mal sseu meul tteu ryeo ya
hal jji mo reu get sseum ni da
我不知道該說什麼來向你道歉。

당신께 사과드립니다.
dang sin kke sa gwa deu rim ni da
我向您道歉。

폐를 끼쳐서 죄송합니다.
pye reul kki cheo seo joe song ham ni da
給你添麻煩了，對不起。

미안합니다. 제가 잘못했습니다.
mi an ham ni da je ga jal mo taet sseum ni da
對不起，我錯了。

미리 연락하지 못해서 죄송합니다.
mi ri yeol la ka ji mo tae seo joe song ham ni da
沒有事先聯絡你，對不起。

저 때문에 일이 이렇게 돼서 죄송합니다.
jeo ttae mu ne i ri i reo ke dwae seo joe song
ham ni da
因為我事情變成這樣，對不起。

미안합니다. 두 번 다시 하지 않겠습니다.
mi an ham ni da du beon da si ha ji an ket sseum
ni da
對不起，我不會再犯第二次。

갑자기 찾아뵈어 미안합니다.
gap jja gi cha ja boe eo mi an ham ni da
抱歉突然來拜訪您。

늦게 와서 미안해요.
neut kke wa seo mi an hae yo
抱歉我來晚了。

말씀 도중에 죄송합니다만...

mal sseum do jung e joe song ham ni da man

抱歉打擾你談話…。

용서해 주십시오.

yong seo hae ju sip ssi o

請原諒我。

한 번 봐 주십시오.

han beon bwa ju sip ssi o

請你原諒我這一次。

지난번에는 실례가 많았습니다.

ji nan beo ne neun sil lye ga ma nat sseum ni da

上次的事，真的很抱歉。

기회를 한번 더 주십시오.

gi hoe reul han beon deo ju sip ssi o

請再給我一次機會。

부디 양해해 주십시오.

bu di yang hae hae ju sip ssi o

請您原諒。

相 關 補 充

- 回應道歉

괜찮습니다.
gwaen chan sseum ni da
沒關係。

마음에 두지 마세요.
ma eu me du ji ma se yo
不必放在心上。

사과하실 필요가 없습니다.
sa gwa ha sil pi ryo ga eop sseum ni da
您不需要道歉。

널 절대 용서하지 않을거야!
neol jeol dae yong seo ha ji a neul kkeo ya
我絕對不會原諒你！

稱讚

韓文 칭찬
發音 ching chan

🎧 012

情境會話

A : 제가 만든 요리 드셔 보세요. 맛 있어요?

je ga man deun yo ri deu syeo bo se yo
mat i sseo yo

嘗看看我做的料理，好吃嗎？

B : 맛있네요. 어떻게 만들었어요※? 정말
대단해요.

ma sin ne yo eo tteo ke man deu reo sseo
yo jeong mal ttae dan hae yo

很好吃耶！怎麼做的啊？你真厲害。

A : 칭찬해 줘서 고마워요.

ching chan hae jwo seo go ma wo yo

謝謝你的稱讚。

關鍵文法

韓文句子的過去式句型，就是將※「았/었/였」加在動詞、形容詞或이다的語幹後方。當語幹的母音是「ㅏ.ㅗ」時，就接았어요；如果語幹的母音不是「ㅏ.ㅗ」時，就接었어요；如果是하다類的動詞，就接였어요，兩者結合後會變成했어요。當이다前面的名詞是以母音結束，就接였어요；當이다前面的名詞是以子音結束，則接이었어요。

關鍵單字

만들다　動　man deul tta　製作

요리　名　yo ri　料理

먹다　動　meok tta　吃

맛　名　mat　味道

맛있다　形　ma sit tta　好吃

대단하다　形　dae dan ha da　了不起 / 厲害

 相關例句

멋있군요.
meo sit kku nyo
很帥。

정말 아름답네요.
jeong mal a reum dam ne yo
真美！

정말 훌륭하군요.
jeong mal hul lyung ha gu nyo
真的很優秀。

참 잘하셨어요.
cham jal ha ssyeo sseo yo
您做得很好。

우와, 똑똑하네요.

u wa ttok tto ka ne yo

哇，真聰明！

그거 참 잘 어울립니다.

geu geo cham jal eo ul lim ni da

那跟你很配。

한국어를 잘하시네요.

han gu geo reul jjal ha ssi ne yo

你韓語講得真好。

당신이 최고예요!

dang si ni choe go ye yo

你最棒了！

무슨 향수를 쓰세요? 향기가 정말 좋아요.

mu seun hyang su reul sseu se yo hyang gi ga

jeong mal jjo a yo

你用什麼香水啊？真的很香。

역시 대단하군요!

yeok ssi dae dan ha gu nyo

你果然厲害！

너 목걸이 정말 예쁘네. 나도 사고 싶다.

neo mok kkeo ri jeong mal ye ppeu ne na do sa go sip tta

妳的項鍊真漂亮，我也想買。

훌륭한 아드님이네요!

hul lyung han a deu ni mi ne yo

你兒子真優秀。

못하는 게 없으시군요.

mo ta neun ge eop sseu si gu nyo

你真是什麼都會呢！

넌 정말 대단해!

neon jeong mal ttae dan hae

你真了不起！

부럽다!

bu reop tta

真羨慕你！

얼굴만 예쁜 줄 알았더니 마음씨도 곱네요.

eol gul man ye ppeun jul a rat tteo ni ma eum ssi do gom ne yo

沒想到你不只長得漂亮，心地也很善良呢！

유머 감각이 좋으시군요.

yu meo gam ga gi jo eu si gu nyo

你很幽默。

손재주가 좋으십니다.

son jjae ju ga jo eu sim ni da

你的手很巧！

취미가 고상하시군요.

chwi mi ga go sang ha si gu nyo

你的興趣很高尚呢！

相關補充

- 回應他人讚美

아니에요.

a ni e yo

哪有！

과찬의 말씀입니다.

gwa cha nui mal sseu mim ni da

你過獎了。

칭찬해 주시니 고맙습니다.

ching chan hae ju si ni go map sseum ni da

謝謝你的稱讚。

그렇게 말씀 하시니까 얼굴이 빨개지잖아요.

geu reo ke mal sseum ha si ni kka eol gu ri ppal kkae ji ja na yo

你這樣講，我會臉紅。

아부하지 마세요.

a bu ha ji ma se yo

別巴結我。

칭찬하시니까 도리어 부끄럽군요.

ching chan ha si ni kka do ri eo bu kkeu reop kku nyo

你稱讚我，我反而會不好意思。

너무 비행기 태우지 마세요.

neo mu bi haeng gi tae u ji ma se yo

別奉承我。

그런 말 하면 진짜인 줄 알아요.

geu reon mal ha myeon jin jja in jul a ra yo

你說那種話我會當真喔！

初次見面

韓文 처음 만났을 때

發音 cheo eum man na seul ttae

情境會話

A：처음 뵙겠습니다※. 저는 나경은이라고 합니다.

　　cheo eum boep kket sseum ni da jeo neun na gyeong eu ni ra go ham ni da

　　初次見面，我名叫羅京恩。

B：만나서 반갑습니다. 말씀 많이 들었습니다.

　　man na seo ban gap sseum ni da mal sseum ma ni deu reot sseum ni da

　　很高興見到您，久仰久仰。

A：옆에 계시는 분은 성함이 어떻게 되십니까?

　　yeo pe gye si neun bu neun seong ha mi eo tteo ke doe sim ni kka

　　您身旁的朋友該怎麼稱呼？

B：이쪽은 제 친구 김아중입니다.

　　i jjo geun je chin gu gi ma jung im ni da

　　這位是我的朋友金亞中。

關鍵文法

※「(ㅂ)습니다」加在動詞、形容詞或이다的語幹

之後，形成敘述句。此為相當正式的敬語用法，為「格式體尊敬形」。若語幹的末音節為母音時，就使用「ㅂ니다」，若為子音時，則使用「습니다」。主要使用在相當正式的場合上，例如演講、開會、播報新聞、生意場合等。

關鍵單字

처음 副 cheo eum 首次 / 第一次
만나다 動 man na da 見面 / 遇到
많이 副 ma ni 多
옆 名 yeop 旁邊 / 側面

 相關例句

처음 뵙겠습니다. 최나연입니다.
cheo eum boep kket sseum ni da choe na yeo nim ni da
初次見面，我是崔蘿蓮。

저야말로 잘 부탁드립니다.
jeo ya mal lo jal ppu tak tteu rim ni da
我才請您多多指教。

성함을 여쭤 봐도 될까요?
seong ha meul yeo jjwo bwa do doel kka yo

請問您貴姓大名？

저도 정은 씨를 알게 되어 기쁩니다.

jeo do jeong eun ssi reul al kke doe eo gi ppeum ni da

我也很高興認識正恩小姐你。

전부터 미연 씨를 만나고 싶었어요.

jeon bu teo mi yeon ssi reul man na go si peo sseo yo

早就想見美妍小姐你了。

저도 만나서 반갑습니다.

jeo do man na seo ban gap sseum ni da

我也很高興能見到你。

좋은 친구가 되었으면 합니다.

jo eun chin gu ga doe eo sseu myeon ham ni da

希望我們可以成為好朋友。

어디서 뵌 적이 있는 것 같은데.

eo di seo boen jeo gi in neun geot ga teun de

好像在哪裡見過您…。

성함은 많이 들었습니다. 뵙게 되어 영광입니다.

seong ha meun ma ni deu reot sseum ni da boep
kke doe eo yeong gwang im ni da
久仰大名，很榮幸見到您。

성함이 어떻게 되세요?
seong ha mi eo tteo ke doe se yo
你尊姓大名？

잘 부탁합니다.
jal ppu ta kam ni da
多多指教。

이름이 뭐야?
i reu mi mwo ya
你叫什麼名字？

만나서 반가워.
man na seo ban ga wo
很高興見到你。

相 關 補 充

- 介紹自己

자기소개.
ja gi so gae

自我介紹。

~를 알게 되다.
reul al kke doe da
認識某人。

제 이름은 ○○○예요.
je i reu meun ...ye yo
我的名字是○○○。

그냥 편하게 ○○○라고 부르세요.
geu nyang pyeon ha ge ...ra go bu reu se yo
就叫我○○○就可以了。

이건 제 명함입니다.
i geon je myeong ha mim ni da
這是我的名片。

제 이름을 소개해 드릴까요?
je i reu meul sso gae hae deu ril kka yo
向您介紹一下我自己，好嗎？

久未相見

韓文 오랜만에 만났을 때
發音 o raen ma ne man na sseul ttae 014

情境會話

A : 유정 씨, 오랜만이에요.※

　　yu jeong ssi o raen ma ni e yo

　　有貞，好久不見。

B : 정말 오랫동안 만나지 못했네요. 그 동안
　　잘 지냈어요?

　　jang mal o raet ttong an man na ji mo
　　taen ne yo geu dong an jal jji nae sseo yo

　　真是好久不見了，最近過得怎麼樣？

A : 그냥 그래요! 유정 씨는요?

　　geu nyang geu rae yo yu jeong ssi neu
　　nyo

　　一般！有貞你呢？

B : 일이 많이 바쁘지만 잘 지냈어요.※

　　i ri ma ni ba ppeu ji man jal jji nae sseo yo

　　雖然工作很忙，但我過得很好。

關鍵文法

※「아/어요」為非格式體尊敬形，和格式體尊敬形
的「(ㅂ)습니다」相比，雖然較不正式，卻是韓國
人日常生活中最常用的尊敬形態。「아/어요」可以
使用在敘述句和疑問句上，若使用在疑問句上，句

057

尾音調要上揚。若「아/어요」遇到動詞이다時，就要變成「예요」或「이에요」。當이다前面的名詞是以母音結束，就接예요；當이다前面的名詞是以子音結束，則接이에요。

關鍵單字

오랫동안 名 o raet ttong an 好長時間
동안 名 dong an 期間
잘 副 jal 很好 / 好好地
그냥 副 geu nyang 仍舊 / 就那樣
일 名 il 事情 / 工作

相關例句

오랜만이에요.
o raen ma ni e yo
好久不見。

건강하시죠?
geon gang ha si jyo
你身體好嗎？

몇 년 만이죠?
myeot nyeon ma ni jyo
有幾年了？

잘 지내셨어요?

jal jji nae syeo sseo yo

你過得好嗎？

별로 그냥 그래요.

byeol lo geu nyang geu rae yo

就那樣囉 / 一般囉。

아주 잘 지냈어요.

a ju jal jji nae sseo yo

我過得很好。

잘 안 됐어요.

jal an dwae sseo yo

我過得不好。

다시 만나서 정말 반가워요.

da si man na seo jeong mal ppan ga wo yo

真的很高興再見到你。

부모님께서도 건강하시죠?

bu mo nim kke seo do geon gang ha si jyo

您父母親身體好嗎？

안부말씀 전해 주세요.

an bu mal sseum jeon hae ju se yo
請帶我向他問好。

덕분에 만사가 순조롭습니다.
deok ppu ne man sa ga sun jo rop sseum ni da
託您得福，很順利。

못 알아보게 변했군요.
mot a ra bo ge byeon haet kku nyo
都快認不出你了。

보고 싶었어.
bo go si peo sseo
很想念你。

오랜만이구나.
o raen ma ni gu na
好久不見！

어떻게 지냈어?
eo tteo ke ji nae sseo
你過得怎麼樣？

相關補充

- 稱謂

~ 씨
ssi
先生、小姐 (尊稱)

아가씨
a ga ssi
小姐

아저씨
a jeo ssi
大叔

아주머니
a ju meo ni
阿姨

부인
bu in
太太

손님
son nim
客人

젊은이

jeol meu ni
年輕人

할머니
hal meo ni
老奶奶

여학생
yeo hak ssaeng
女學生

남학생
nam hak ssaeng
男學生

의사님
ui sa nim
醫生

선생님
seon saeng nim
老師

天氣

韓文 날씨
發音 nal ssi

🎧 015

情境會話一

A：일기 예보에서는 뭐래요?
il gi ye bo e seo neun mwo rae yo
天氣預報怎麼說？

B：내일은 비가 온다고 해요.
nae i reun bi ga on da go hae yo
說明天會下雨。

情境會話二

A：날씨가※ 어떻습니까?※
nal ssi kka eo tteo sseum ni kka
天氣怎麼樣？

B：아주 덥습니다.
a ju deop sseum ni da
很熱。

關鍵文法

※「이/가」為主格助詞，加在名詞後方，該名詞則為句子的主詞。如果名詞以母音結束，就加가；如果名詞以子音結束，則加이。

※「(ㅂ)습니까?」使用在疑問句上，用來向聽話者提出疑問，為「格式體尊敬形」。若語幹的末音節為母音時，就使用「ㅂ니까?」，若為子音時，則

使用「습니까?」。

關鍵單字

일기 예보 名 il gi ye bo　天氣預報

내일 名 nae il　明天

날씨 名 nal ssi　天氣

어떻다 形 eo tteo ta　怎麼樣

아주 副 a ju　很 / 非常

덥다 形 deop tta　熱

 相關例句

오늘 참 좋은 날씨입니다.

o neul cham jo eun nal ssi im ni da

今天真是個好天氣。

내일 비가 올 것 같아요.

nae il bi ga ol geot ga ta yo

明天好像會下雨。

시원한 날씨가 좋습니다.

si won han nal ssi kka jo sseum ni da

我喜歡涼爽的天氣。

비를 맞았어요.

bi reul ma ja sseo yo
淋雨了。

햇빛이 참 따뜻합니다.
haet ppi chi cham tta tteu tam ni da
陽光真溫暖。

오늘은 맑은 날씨입니다.
o neu reun mal geun nal ssi im ni da
今天是晴朗的好天氣。

비가 드디어 그쳤어요.
bi ga deu di eo geu cheo sseo yo
雨終於停了。

내일 날씨가 어떻습니까?
nae il nal ssi kka eo tteo sseum ni kka
明天天氣怎麼樣？

무덥고 습기가 많습니다.
mu deop kko seup kki ga man sseum ni da
天氣悶熱又潮濕。

날씨가 나빠요.
nal ssi kka na ppa yo

天氣很糟。

천둥치고 있습니다.
cheon dung chi go it sseum ni da
正在打雷。

눈이 내리고 있습니다.
nu ni nae ri go it sseum ni da
正在下雪。

밖에 날씨가 좀 추워요. 외투를 입고 가요.
ba kke nal ssi kka jom chu wo yo oe tu reul ip
kko ga yo
外面有點冷，你穿件外套去吧。

비가 온다고 했으니까 우산을 가져 가세요.
bi ga on da go hae sseu ni kka u sa neul kka jeo
ga se yo
聽說會下雨，帶支雨傘出門吧。

밖에 날씨가 어떤가요?
ba kke nal ssi kka eo tteon ga yo
外面天氣怎麼樣？

내일은 비가 온다고 합니다.

nae i reun bi ga on da go ham ni da
聽說明天會下雨。

점점 추워졌습니다.
jeom jeom chu wo jeot sseum ni da
慢慢變冷了。

일기 예보에서는 날씨가 좋을 거라고 했었는데....
il gi ye bo e seo neun nal ssi kka jo eul kkeo ra
go hae sseon neun de
天氣預報明明說會是好天氣的…。

일기 예보도 믿을 수 없어요.
il gi ye bo do mi deul ssu eop sseo yo
天氣預報不可信。

소나기가 올 것 같아요.
so na gi ga ol geot ga ta yo
好像要下雷陣雨了。

일기예보가 또 틀렸네요.
il gi ye bo ga tto teul lyeon ne yo
天氣預報又報錯了。

서리가 내렸어요.

seo ri ga nae ryeo sseo yo
降霜了。

빨리 따뜻해지면 좋겠어요.
ppal li tta tteu tae ji myeon jo ke sseo yo
希望快點變溫暖。

오늘은 바람이 세군요.
o neu reun ba ra mi se gu nyo
今天風很大。

비에 흠뻑 젖었어요.
bi e heum ppeok jeo jeo sseo yo
被雨淋濕了。

타이페이는 서울보다 날씨가 따뜻해요.
ta i pe i neun seo ul bo da nal ssi kka tta tteu tae yo
台北比首爾的天氣還溫暖。

타이페이는 서울보다 날씨가 훨씬 습해요.
ta i pe i neun seo ul bo da nal ssi kka hwol ssin seu pae yo
台北比首爾的天氣還要潮濕。

일기예보에 의하면 오후에는 눈이 내린답니다.

il gi ye bo e ui ha myeon o hu e neun nu ni nae
rin dam ni da

據天氣預報說下午會下雪。

相關補充

- 描述天氣

좋은 날씨
jo eun nal ssi
好天氣

나쁜 날씨
na ppeun nal ssi
壞天氣

춥다
chup tta
冷

덥다
deop tta
熱

시원하다

si won ha da
涼爽

쌀쌀하다
ssal ssal ha tta
感覺涼

따뜻해지다
tta tteu tae ji da
變溫暖

하늘이 맑다
ha neu ri mak tta
天空晴朗

바람이 불다
ba ra mi bul da
颳風

비가 내리다
bi ga nae ri da
下雨

눈이 내리다
nu ni nae ri da

下雪

안개가 있다
an gae ga it tta
有霧

천둥 치다
cheon dung chi da
打雷

땀이 나다
tta mi na da
流汗

감기에 걸리다
gam gi e geol li da
感冒

나는 더위를 많이 타요.
na neun deo wi reul ma ni ta yo
我怕熱。

나는 추위를 많이 타요.
na neun chu wi reul ma ni ta yo
我怕冷。

季節

韓文 계절
發音 gye jeol

016

情境會話

A : 일년 사계절 중에 어느 계절을[※] 제일 좋아
하세요?

il lyeon sa gye jeol jung e eo neu gye jeo
reul jje il jo a ha se yo

一年之中你最喜歡哪個季節？

B : 저는 봄을 제일 좋아합니다.

jeo neun bo meul jje il jo a ham ni da

我最喜歡春天。

A : 이유가 뭐예요?

i yu ga mwo ye yo

理由是什麼？

B : 봄에는 벚꽃을[※] 구경할 수 있으니까요.

bo me neun beot kko cheul kku gyeong
hal ssu i sseu ni kka yo

因為春天可以賞櫻花。

關鍵文法

※「을/를」為受格助詞，接在名詞後方，表示該名詞為動作或作用的對象。如果名詞以母音結束，就加를；如果名詞以子音結束，則加을。

關鍵單字

일년　名　il lyeon　一年

어느　冠　eo neu　哪個

좋아하다　動　jo a ha da　喜歡

이유　名　i yu　理由

구경　名　gu gyeong　欣賞 / 參觀

 相關例句

가을에는 설악산의 단풍을 보러 갑시다.

ga eu re neun seo rak ssa nui dan pung eul ppo
reo gap ssi da

秋天一起去雪嶽山賞楓吧。

봄 부터는 지금까지 계획한 일을 시작합시다.

bom bu teo neun ji geum kka ji gye hoe kan i reul
ssi ja kap ssi da

從春天開始實行目前所計畫的事情吧。

빨리 봄이 오면 좋겠다.

ppal li bo mi o myeon jo ket tta

希望春天快點來。

6월은 장마철입니다.

yu wo reun jang ma cheo rim ni da

六月是梅雨季。

좀처럼 날씨가 풀리지 않네요.
jom cheo reom nal ssi kka pul li ji an ne yo
天氣遲遲未暖和起來。

폭폭 찌는군요.
puk puk jji neun gu nyo
熱死了。

너무 더워서 식욕이 별로 없어요.
neo mu deo wo seo si gyo gi byeol lo eop sseo
yo
太熱了，沒什麼食慾。

에어컨을 틀어도 될까요?
e eo keo neul teu reo do doel kka yo
可以開冷氣嗎？

가을 날씨는 아주 시원합니다.
ga eul nal ssi neun a ju si won ham ni da
秋天的天氣很涼爽。

벌써 가을이네요.
beol sseo ga eu ri ne yo

已經是秋天了。

아침 저녁으로 기온차가 심해서 감기 걸리기 쉽겠
어요.
a chim jeo nyeo geu ro gi on cha ga sim hae seo
gam gi geol li gi swip kke sseo yo
早晚溫差很大，容易感冒。

곧 장마철에 접어들겠군요.
got jang ma cheo re jeo beo deul kket kku nyo
馬上就要進入梅雨季了。

올해는 비가 자주 오네요.
ol hae neun bi ga ja ju o ne yo
今年常常下雨呢！

제가 좋아하는 계절은 여름입니다.
je ga jo a ha neun gye jeo reun yeo reu mim ni
da
我喜歡的季節是夏天。

가을에는 항상 바람이 불어요. 아주 시원해요.
ga eu re neun hang sang ba ra mi bu reo yo a ju
si won hae yo
秋天經常颳風，很涼爽。

추워서 죽을 것 같아요.

chu wo seo ju geul kkeot ga ta yo

快被冷死了。

작년보다 훨씬 더 춥네요.

jang nyeon bo da hwol ssin deo chum ne yo

比去年冷很多呢！

크리스마스 때 눈이 내렸으면 좋겠어요.

keu ri seu ma seu ttae nu ni nae ryeo sseu my-
eon jo ke sseo yo

希望聖誕節的時候會下雪。

저는 가을보다 겨울이 좋아요.

jeo neun ga eul ppo da gyeo u ri jo a yo

比起秋天，我更喜歡冬天。

저는 봄과 가을을 좋아해요.

jeo neun bom gwa ga eu reul jjo a hae yo

我喜歡春天和秋天

한국의 기후는 어때요?

han gu gui gi hu neun eo ttae yo

韓國的氣候怎麼樣？

한국의 기후는 참 좋아요.

han gu gui gi hu neun cham jo a yo

韓國的氣候很好。

겨울에는 날씨가 어때요?

gyeo u re neun nal ssi kka eo ttae yo

冬天天氣怎麼樣？

봄에는 날씨가 따뜻해요.

bo me neun nal ssi kka tta tteu tae yo

春天天氣暖和。

相 關 補 充

- 季節相關詞彙

사계절이 바뀌다.

sa gye jeo ri ba kkwi da

四季變化

봄

bom

春

춘분

chun bun

春分

벚꽃
beot kkot
櫻花

꽃이 피다
kko chi pi da
開花

여름
yeo reum
夏

하지
ha ji
夏至

땀
ttam
汗水

수영
su yeong
游泳

해수욕장
hae su yok jjang
海水浴場

가을
ga eul
秋

추분
chu bun
秋分

단풍
dan pung
楓葉

바람
ba ram
風

꽃이 시들다
kko chi si deul tta
花枯萎

겨울

gyeo ul
冬

동지
dong ji
冬至

눈사람
nun sa ram
雪人

스키
seu ki
滑雪

영하
yeong ha
零下

拜訪

韓文 방문
發音 bang mun

🎧 017

情境會話

A : 어서 오세요. 길 찾는데 헤매진 않았어요?

eo seo o se yo gil chan neun de he mae jin a na sseo yo

歡迎光臨，你來的時候有迷路嗎？

B : 쉽게 찾았어요. 이것은 우리 고장 특산물입니다. 받아 주세요※.

swip kke cha ja sseo yo i geo seun u ri go jang teuk ssan mu rim ni da ba da ju se yo

很快就找到了。這是我們家鄉的名產，請你收下。

A : 고맙습니다. 어서 들어 오세요※.

go map sseum ni da eo seo deu reo o se yo

謝謝，快請進。

關鍵文法

※「(으)세요」接在動詞後方，表示有禮貌地請求對方做某事，可以用於祈使句表達命令。相當於中文的「請你...」。

當動詞語幹以母音結束時，就使用세요；當動詞語

081

幹以子音結束時，就要使用으세요。

關鍵單字

길 名 gil 路 / 道路

찾다 動 chat tta 找 / 尋找

헤매다 動 he mae da 徘徊

쉽다 形 swip tta 容易

고장 名 go jang 故鄉

받다 動 bat tta 收 / 領

相關例句

앉으세요.
an jeu se yo
請坐。

절 초대해 주셔서 감사합니다.
jeol cho dae hae ju syeo seo gam sa ham ni da
謝謝你的招待。

일부러 선물을 가져 올 필요는 없습니다.
il bu reo seon mu reul kka jeo ol pi ryo neun eop
sseum ni da
不需要特地帶禮物過來。

다음에 또 우리 집에 오세요.
da eu me tto u ri ji be o se yo
下次再來我們家喔。

사양하지 마시고 더 드십시오.
sa yang ha ji ma si go deo deu sip ssi o
不要客氣，多吃一點。

오늘은 마음껏 재미있게 보내요.
o neu reun ma eum kkeot jae mi it kke bo nae yo
今天你盡情玩樂。

식사를 대접하고 싶은데요.
sik ssa reul ttae jeo pa go si peun de yo
我想請你吃飯。

기꺼이 방문하겠습니다.
gi kkeo i bang mun ha get sseum ni da
我很樂意去拜訪您。

좀 더 계시다 가세요.
jom deo gye si da ga se yo.
再待一會再走吧。

집에 가야겠습니다.

ji be ga ya get sseum ni da
我該回家了。

와 줘서 고맙습니다.
wa jwo seo go map sseum ni da
你能來，謝謝你。

내일 오셔서 우리와 함께 식사 하시지요.
nae il o syeo seo u ri wa ham kke sik ssa ha si ji yo
你明天來和我們一起吃飯吧。

아직 이른데 식사를 하고 가세요.
a jik i reun de sik ssa reul ha go ga se yo
時間還早，吃個飯再走吧。

나중에 다시 찾아뵙겠습니다
na jung e da si cha ja boep kket sseum ni da
我改天再來拜訪您。

相 關 補 充

- 招待客人

뭐 좀 마실래요?
mwo jom ma sil lae yo

你要喝點什麼嗎？

마음껏 많이 드세요.
ma eum kkeot ma ni deu se yo
請盡情享用。

과자를 드시죠.
gwa ja reul tteu si jyo
請吃餅乾。

편하게 앉으세요.
pyeon ha ge an jeu se yo
隨便坐。

커피 한 잔 하시겠어요?
keo pi han jan ha si ge sseo yo
要不要來杯咖啡？

차를 마실까요? 커피를 마실까요?
cha reul ma sil kka yo keo pi reul ma sil kka yo
你要喝茶還是咖啡？

Part 02

식사
用餐

在家用餐

韓文 집에서 식사할 때

發音 ji be seo sik ssa hal ttae

 018

情境會話

A : 엄마, 배고파 죽겠어요. 밥 언제 먹어요?
eom ma bae go pa juk kke sseo yo bap
eon je meo geo yo
媽，肚子餓死了，什麼時候可以吃飯？

B : 오늘 집에서※ 김밥을 만들어 먹을까?
o neul jji be seo gim ba beul man deu reo
meo geul kka
今天要不要在家裡做海苔飯捲吃？

A : 김밥은 싫어요. 다른 걸 먹고 싶어요.
gim ba beun si reo yo da reun geol meok
kko si peo yo
我不要吃海苔飯捲，我要吃別的。

B : 그럼 자장면을 시켜 먹어라.
geu reom ja jang myeo neul ssi kyeo meo
geo ra
那你去叫炸醬麵外賣來吃。

關鍵文法

※「에서」為助詞，接在地點名詞的後方，表示某一行為或動作進行的場所。

關鍵單字

엄마 名 eom ma 媽媽

배 名 bae 肚子

고프다 形 go peu da 肚子餓

언제 代 eon je 何時 / 什麼時候

김밥 名 gim bap 海苔飯捲

싫다 形 sil ta 討厭

다르다 形 da reu da 其他 / 不同的

자장면 名 ja jang myeon 炸醬麵

 相關例句

진짜 배고프네요.
jin jja bae go peu ne yo
真的肚子餓了。

배가 부르군요.
bae ga bu reu gu nyo
吃飽了。

배고파 죽겠어요. 저녁은 다 준비됐어요?
bae go pa juk kke sseo yo jeo nyeo geun da jun
bi dwae sseo yo
肚子餓死了，晚餐都準備好了嗎？

오늘은 음식이 별로 없네요.

o neu reun eum si gi byeol lo eom ne yo

今天沒什麼菜。

천천히 먹어요.

cheon cheon hi meo geo yo

慢慢吃。

아침부터 아무것도 못 먹었어요.

a chim bu teo a mu geot tto mot meo geo sseo yo

我從早上就什麼也沒吃了。

점심도 굶었어요.

jeom sim do gul meo sseo yo

午餐也沒吃。

이건 어떻게 만들어요?

i geon eo tteo ke man deu reo yo

這個怎麼做的?

보기는 이래도 먹어보면 정말 맛있어요.

bo gi neun i rae do meo geo bo myeon jeong mal ma si sseo yo

雖然看起來這樣,但吃起來真的蠻好吃的。

항상 그렇게 빨리 먹어요?

hang sang geu reo ke ppal li meo geo yo

你總是吃得那麼快嗎？

당신을 위해 맛있는 음식을 만들어 드릴게요.

dang si neul wi hae ma sin neun eum si geul
man deu reo deu ril ge yo

為了你，我做好吃的菜給你吃。

냉장고 안에 남은 음식이 있어요.

naeng jang go a ne na meun eum si gi i sseo yo

冰箱裡有剩下的菜。

점심 준비 거의 됐어요.

jeom sim jun bi geo ui dwae sseo yo

午餐快準備好了。

밥 좀 더 주세요.

bap jom deo ju se yo

再給我一點飯。

지금 주문하면 언제 배달되나요?

ji geum ju mun ha myeon eon je bae dal ttoe na
yo

現在叫外賣，什麼時候會送來？

양이 많아서 다 먹을 수가 없어요.

yang i ma na seo da meo geul ssu ga eop sseo
yo

量太多了，吃不完。

잘 먹겠습니다.

jal meok kket sseum ni da

我開動了。

잘 먹었습니다.

jal meo geot sseum ni da

我吃飽了。

相 關 補 充

- 食慾

식욕은 어떠세요?

si gyo geun eo tteo se yo

食慾如何？

요즘 식욕이 없어요.

yo jeum si gyo gi eop sseo yo

最近沒有食慾。

식욕이 절로 나네요.

si gyo gi jeol lo na ne yo
自然就有食慾了。

먹고 싶은 생각이 없어요.
meok kko si peun saeng ga gi eop sseo yo
我不想吃。

전 별로 식욕이 없어요.
jeon byeol lo si gyo gi eop sseo yo
我沒什麼食慾。

식사 전에 디저트를 먹으면 식욕이 없어져요.
sik ssa jeo ne di jeo teu reul meo geu myeon si gyo gi eop sseo jeo yo
飯前吃點心，會減低食慾。

저는 조금밖에 안 먹어요.
jeo neun jo geum ba kke an meo geo yo
我只能吃一點。

너무 많이 먹었나 봐요.
neo mu ma ni meo geon na bwa yo
我好像吃太多了。

料理

韓文 요리
發音 yo ri

019

情境會話

A：제일 좋아하는 한국 요리는 뭐예요?

je il jo a ha neun han guk yo ri neun mwo
ye yo

你最喜歡的韓國料理是什麼？

B：떡볶이도 맛있<u>지만</u>※ 불고기를 제일
좋아해요.

tteok ppo kki do ma sit jji man bul go gi
reul jje il jo a hae yo

**雖然辣炒年糕也很好吃，但我還是最喜歡
烤肉。**

A：불고기는 저도 좋아해요. 아는 맛집이 있
는데 저녁에 같이 먹으러 갈까요?

bul go gi neun jeo do jo a hae yo a neun
mat jji bi in neun de jeo nyeo ge ga chi
meo geu reo gal kka yo

**我也喜歡吃烤肉，我知道有好吃的店，晚
上要不要一起去吃？**

B：좋아요. 같이 갑시다.

jo a yo ga chi gap ssi da

好啊！一起去吃吧！

關鍵文法

※「지만」可以接在動詞、形容詞或이다後方，表示前後兩個句子互相對立，相當於中文的「雖然...但是...」。「지만」前方可以接過去式，形成「았/었지만」的形態。

關鍵單字

제일 副 je il 第一 / 最

좋아하다 動 jo a ha da 喜歡

요리 名 yo ri 料理

맛있다 形 ma sit tta 好吃

같이 副 ga chi 一起

 相關例句

한국요리를 좋아해요, 일본요리를 좋아해요?

han gu gyo ri reul jjo a hae yo il bo nyo ri reul jjo a hae yo

你喜歡韓國料理？還是喜歡日本料理？

어떤 요리를 좋아하세요?

eo tteon yo ri reul jjo a ha se yo

你喜歡吃什麼料理？

대만 요리를 먹어 본 적이 있나요?

dae man yo ri reul meo geo bon jeo gi in na yo
你吃過台灣菜嗎？

가장 싫어하는 음식이 뭐예요?
ga jang si reo ha neun eum si gi mwo ye yo
你最討厭的菜是什麼？

전 양식을 좋아합니다.
jeon yang si geul jjo a ham ni da
我喜歡吃西餐。

저는 생선요리를 좋아합니다.
jeo neun saeng seo nyo ri reul jjo a ham ni da
我喜歡魚料理。

삼겹살은 너무 느끼해서 안 좋아합니다.
sam gyeop ssa reun neo mu neu kki hae seo an
jo a ham ni da
五花肉太油膩了，我不喜歡。

국수하고 밥 가운데 어느 것을 좋아해요?
guk ssu ha go bap ga un de eo neu geo seul jjo
a hae yo
麵和飯你喜歡吃哪一種？

저는 면종류를 좋아해요.
jeo neun myeon jong nyu reul jjo a hae yo
我愛吃麵。

相 關 補 充

- 韓國料理

한정식
han jeong sik
韓定食

돌솥비빔밥
dol sot ppi bim bap
石鍋拌飯

김치찌개
gim chi jji gae
泡菜鍋

삼계탕
sam gye tang
蔘雞湯

순두부 찌개
sun du bu jji gae

嫩豆腐鍋

설렁탕
seol leong tang
牛骨湯

김치볶음밥
gim chi bo kkeum bap
泡菜炒飯

부대찌개
bu dae jji gae
部隊鍋

해장국
hae jang guk
醒酒湯

매운탕
mae un tang
辣魚湯

보쌈
bo ssam
菜包白切肉

料理的味道

韓文 음식맛
發音 eum sing mat

 020

情境會話

A : 이것은[※] 내가 처음 만든 요리인데 맛이 어때요?

i geo seun nae ga cheo eum man deun yo ri in de ma si eo ttae yo

這是我第一次做的菜，味道怎麼樣？

B : 생각보다 맛있지만 좀 싱거워요.

saeng gak ppo da ma sit jji man jom sing geo wo yo

比想像中好吃多了，但味道有點淡。

A : 그럼 이 콩나물국도 많이 싱거워요?

geu reom i kong na mul guk tto ma ni sing geo wo yo

那這個黃豆芽湯也味道太淡了嗎？

B : 아니요. 이 국은[※] 아주 맛있군요.

a ni yo i gu geun a ju ma sit kku nyo

不會，這個湯很好喝。

關鍵文法

※「은/는」用來表示句子的主題或闡述的對象，若「은/는」接在名詞的後方，表示該名詞即是句子的主題。當名詞以母音結束，要加는，當名詞以子音

結束，則加은。

♪ Basic Korean Conversation
제로부터 배우는 한국어 회화
從零開始學韓語會話 ♪

關鍵單字

처음 　圓　 cheo eum 　首次 / 第一次
맛 　名　 mat 　味道
생각 　名　 saeng gak 　想法
싱겁다 　形　 sing geop tta 　淡 / 沒味道
그럼 　圓　 geu reom 　那麼
콩나물 　名　 kong na mul 　黃豆芽

 相關例句

맛이 어떻습니까?
ma si eo tteo sseum ni kka
味道怎麼樣？

아주 맛있는데요.
a ju ma sin neun de yo
非常好吃。

매워요.
mae wo yo
很辣。

짜요.

jja yo
很鹹。

써요.
sseo yo
很苦。

신선해요.
sin seon hae yo
很新鮮。

신선하지 않아요.
sin seon ha ji a na yo
不新鮮。

너무 달아요.
neo mu da ra yo
太甜了。

이건 너무 맵군요.
i geon neo mu maep kku nyo
這個太辣了。

난 신 것을 좋아해요.
nan sin geo seul jjo a hae yo

我喜歡吃酸的。

소금기가 좀 더 있으면 좋을 것 같네요.

so geum gi ga jom deo i sseu myeon jo eul kkeot

gan ne yo

再加點鹽，應該會更好吃。

좀 비린내가 나요.

jom bi rin nae ga na yo

有點腥味。

맛있겠다!

ma sit kket tta

看起來好好吃！

정말 맛있네요.

jeong mal ma sin ne yo.

真的很好吃耶！

내 입에는 별로예요.

nae i be neun byeol lo ye yo

我覺得吃起來不怎麼樣。

참 맛있어요.

cham ma si sseo yo

真好吃。

이거 안 매워요?
i geo an mae wo yo
這個不會辣嗎？

맵게 보여요.
maep kke bo yeo yo
看起來很辣。

별로 맛없어요.
byeol lo ma deop sseo yo
不怎麼好吃。

맛이 좀 진해요.
ma si jom jin hae yo
味道有點重。

맛이 없어서 더 이상 못 먹겠어요.
ma si eop sseo seo deo i sang mot meok kke
sseo yo
不好吃，我吃不下去了。

고기가 아직 덜 익었는데요.
go gi ga a jik deol i geon neun de yo

肉還沒熟耶！

국물이 너무 짜요.
gung mu ri neo mu jja yo
湯頭太鹹了。

좋은 냄새가 나네요.
jo eun naem sae ga na ne yo
很香。

맵지만 맛있어요.
maep jji man ma si sseo yo
雖然辣但很好吃。

고기가 연해서 맛있어요.
go gi ga yeon hae seo ma si sseo yo
肉很軟很好吃。

相關補充

- 對料理的喜好

저는 뭐든지 잘 먹어요.
jeo neun mwo deun ji jal meo geo yo
我什麼都吃。

저는 돼지고기를 못 먹어요.
jeo neun dwae ji go gi reul mot meo geo yo
我不能吃豬肉。

이건 제 입에 안 맞아요.
i geon je i be an ma ja yo
這個不合我的口味。

난 먹는 걸 안 가려요.
nan meong neun geol an ga ryeo yo
我不挑食。

저는 오리고기를 먹으면 알레르기가 생겨요.
jeo neun o ri go gi reul meo geu myeon al le reu
gi ga saeng gyeo yo
我吃鴨肉會過敏。

전 음식을 가려 먹어요.
jeon eum si geul kka ryeo meo geo yo
我會挑食。

매운 음식은 좋아하지만 많이 먹지는 못해요.
mae un eum si geun jo a ha ji man ma ni meok jji
neun mo tae yo
雖然我喜歡吃辣，但吃得不多。

저는 담백한 음식을 좋아해요.

jeo neun dam bae kan eum si geul jjo a hae yo

我喜歡清淡的食物。

저는 단 것을 싫어해요.

jeo neun dan geo seul ssi reo hae yo

我討厭甜食。

저는 매운 것을 잘 먹습니다.

jeo neun mae un geo seul jjal meok sseum ni da

我蠻會吃辣的。

저는 기름진 음식은 별로 안 좋아해요.

jeo neun gi reum jin eum si geun byeol lo an jo a
hae yo

我不太喜歡油膩的食物。

이건 별로 좋아하지 않아요.

i geon byeol lo jo a ha ji a na yo

我不太喜歡吃這個。

餐館

韓文 식당
發音 sik ttang

 021

情境會話

A : 동해 씨는 여기 자주 오세요?
dong hae ssi neun yeo gi ja ju o se yo
東海你常來這裡嗎?

B : 네. 이 식당은 싸고 맛있기 때문에 친구랑
자주 와요.
ne i sik ttang eun ssa go ma sit kki ttae
mu ne chin gu rang ja ju wa yo
是的,因為這家餐館又便宜又好吃,所以
和朋友常來。

A : 여기 무슨 요리를 잘 해요?
yeo gi mu seun yo ri reul jjal hae yo
這裡什麼菜好吃呢?

B : 이 식당은 생선 요리가 유명해요. 꼭 한 번
먹어 <u>봐야 해요</u>※.
i sik ttang eun saeng seon yo ri ga yu my-
eong hae yo kkok han beon meo geo bwa
ya hae yo
這家餐館的魚料理很有名,一定要吃看
看。

關鍵文法

107

※「아/어야 되다」接在動詞、形容詞或이다後方，表示必須要做的事或某種必然的情況，相當於中文的「必須... / 應該要...」。當語幹的母音是「ㅏ.ㅗ」時，就接아야 되다；如果語幹的母音不是「ㅏ.ㅗ」時，就接어야 되다；如果是하다類的動詞，就接여야 되다，兩者結合後會變成해야 되다。另外，也可以使用「아/어야 하다」的句型，兩者意義相同。

關鍵單字

자주　副　ja ju　經常 / 常常

싸다　形　ssa da　便宜

친구　名　chin gu　朋友

무슨　冠　mu seun　什麼的

생선　名　saeng seon　魚 / 鮮魚

유명하다　形　yu myeong ha da　有名

 相關例句

여기의 요리는 맛있기 때문에 항상 붐벼요.

yeo gi ui yo ri neun ma sit kki ttae mu ne hang sang bum byeo yo

因為這裡的料理很好吃，所以人總是很多。

이 식당은 싸고 맛있기로 유명해요.

i sik ttang eun ssa go ma sit kki ro yu myeong hae yo

這家餐館便宜又好吃，所以很有名。

여긴 오늘 처음이에요.
yeo gin o neul cheo eu mi e yo
我第一次來這裡。

이곳에 한국 식당은 있습니까?
i go se han guk sik ttang eun it sseum ni kka
這裡有韓式餐館嗎？

이 집은 삼계탕이 일품이에요.
i ji beun sam gye tang i il pu mi e yo
這家店的蔘雞湯很棒！

이 레스트랑 분위기가 좋죠?
i re seu teu rang bu nwi gi ga jo chyo
這家餐廳的氣氛不錯吧？

좋은 음식점을 추천해 주세요.
jo eun eum sik jjeo meul chu cheon hae ju se yo
請推薦不錯的餐館。

음식은 맛있지만 가격은 좀 비싼 편이에요.

eum si geun ma sit jji man ga gyeo geun jom bi

ssan pyeo ni e yo

食物雖然好吃，但價格算有點貴。

이것을 간장에 찍어서 드세요.

i geo seul kkan jang e jji geo seo deu se yo

這個請沾醬油吃。

이 부근에는 식당이 없어요.

i bu geu ne neun sik ttang i eop sseo yo

這附近沒有餐館。

많이 드세요.

ma ni deu se yo

你多吃一點。

이건 처음 먹어보는 음식이에요.

i geon cheo eum meo geo bo neun eum si gi e

yo

這個我第一次吃。

이젠 정말 배가 불러서 못 먹겠어요.

i jen jeong mal ppae ga bul leo seo mot meok

kke sseo yo

現在肚子真的飽了，不能再吃了。

회를 먹고 싶어요. 일본음식점에 가요.

hoe reul meok kko si peo yo il bo neum sik jjeo

me ga yo

我想吃生魚片，我們去日本料理店吧！

대만 요리를 좋아합니까?

dae man yo ri reul jjo a ham ni kka

你喜歡吃台菜嗎？

相 關 補 充

- 餐廳相關詞彙

식당

sik ttang

餐館

레스토랑

re seu teu rang

餐廳

메뉴

me nyu

菜單

시키다

111

si ki da
點餐

와인 리스트
wa in ri seu teu
酒單

웨이터
we i teo
服務員

팁
tip
小費

예약하다
ye ya ka da
預約

계산서
gye san seo
帳單

餐廳訂位

韓文 식당 예약
發音 sik ttang ye yak

情境會話

A : 여보세요. 한국식당입니다.

yeo bo se yo han guk ssik ttang im ni da

喂，這裡是韓國餐館。

B : 예약하려는데※ 빈 자리가 있습니까?

ye ya ka ryeo neun de bin ja ri ga it sseum ni kka

我想要預約，有位子嗎？

A : 있습니다. 모두 몇 분입니까?

it sseum ni da mo du myeot bu nim ni kka

有的，請問總共幾位？

B : 5명정도입니다. 오늘 저녁 7시에 예약을 부탁합니다.

da seon myeong jeong do im ni da o neul jeo nyeok il gop ssi e ye ya geul ppu ta kam ni da

大概是五位，我要預約今天晚上7點。

A : 알겠습니다. 성함이 어떻게 되십니까?

al kket sseum ni da seong ha mi eo tteo ke doe sim ni kka

好的，您貴姓大名？

B : 이원근이라고 합니다.

i won geu ni ra go ham ni da
我叫作李元勤。

關鍵文法

※「(으)ㄴ데」是連接語尾，連接在動詞或形容詞後面，表示「轉折、提示」等的意涵。

關鍵單字

한국　名　han guk　韓國

예약하다　動　ye ya ka da　預訂 / 預約

비다　形　bi da　空的

자리　名　ja ri　位子 / 座位

정도　名　jeong do　程度 / 限度

相關例句

어서 오십시오. 예약은 하셨습니까?

eo seo o sip ssi o ye ya geun ha syeot sseum ni kka

歡迎光臨，您預約了嗎？

예약을 부탁합니다.

ye ya geul ppu ta kam ni da

我要訂位。

여기 예약이 필요합니까?

yeo gi ye ya gi pi ryo ham ni kka

這裡需要訂位嗎？

미리 자리를 예약했습니까?

mi ri ja ri reul ye ya kaet sseum ni kka

有事先訂位嗎？

손님은 몇 분이십니까?

son ni meun myeot bu ni sim ni kka

有幾位客人？

예약을 안 했어요. 빈 자리가 있어요?

ye ya geul an hae sseo yo bin ja ri ga i sseo yo

我沒有訂位，有空位嗎？

죄송하지만, 오늘 예약이 꽉 차 있습니다.

joe song ha ji man o neul ye ya gi kkwak cha it
sseum ni da

對不起，今天預約已經滿了。

정말 죄송합니다. 그 시간에 자리가 없습니다.

jeong mal jjoe song ham ni da geu si ga ne ja ri
ga eop sseum ni da

真的很抱歉，那個時間沒有位子。

어느 정도 기다려야 되나요?

eo neu jeong do gi da ryeo ya doe na yo

要等多久呢？

죄송합니다. 예약을 취소하고 싶습니다.

joe song ham ni da ye ya geul chwi so ha go sip sseum ni da

對不起，我想取消訂位。

어제 이미 예약했습니다.

eo je i mi ye ya kaet sseum ni da

我昨天有訂位。

相 關 補 充

- 挑座位

룸으로 모실까요? 홀로 모실까요?

ru meu ro mo sil kka yo hol lo mo sil kka yo

您要坐包廂呢？還是坐廳裡？

다른 자리로 옮기고 싶어요.

da reun ja ri ro om gi go si peo yo

我想換到其他位子。

창가 쪽 좌석으로 부탁합니다.

chang ga jjok jwa seo geu ro bu ta kam ni da
請幫我換到靠窗的位子。

통로 쪽 자리 말고 창가 자리로 주세요.
tong no jjok ja ri mal kko chang ga ja ri ro ju se yo
不要靠近走道的位子，請給我窗邊的位子。

원하시는 자리가 있습니까?
won ha si neun ja ri ga it sseum ni kka
您有想要的位子嗎？

위층에 앉고 싶은데요.
wi cheung e an go si peun de yo
我想坐樓上。

금연석을 원하십니까?
geu myeon seo geul won ha sim ni kka
您要禁菸席嗎？

이인용 식탁으로 찾아주세요.
i i nyong sik ta geu ro cha ja ju se yo
請給我2人坐的餐桌。

點餐

韓文 식사 주문
發音 sik ssa ju mun

情境會話

A : 손님, 주문하시겠어요?

son nim ju mun ha si ge sseo yo

先生 (小姐) , 您要點什麼？

B : 돌솥비빔밥 부탁합니다.

dol sot ppi bim bap bu ta kam ni da

我要點石鍋拌飯。

A : 더 필요하신* 건 없으세요?

deo pi ryo ha sin geon eop sseu se yo

還需要其他的嗎？

B : 없습니다. 금방 됩니까?

eop sseum ni da geum bang doem ni kka

不用 , 馬上就好嗎？

A : 15분정도 기다리셔야 합니다.

si bo bun jeong do gi da ri syeo ya ham ni da

您大概要等15分鐘。

關鍵文法

※「(으)시」是敬語的用法，主要是用來尊敬對方（聽話者），或比談話者或聽話者的年齡或社會階層還高的對象。

關鍵單字

손님 **名** son nim 客人 / 顧客

주문하다 **動** ju mun ha da 點菜 / 訂貨

더 **副** deo 還 / 再 / 更

필요하다 **形** pi ryo ha da 需要

금방 **副** geum bang 馬上 / 剛剛

기다리다 **動** gi da ri da 等待 / 等候

 相關例句

뭘 드시겠습니까?

mwol deu si get sseum ni kka

您要吃什麼？

저기요, 여기 주문 받으세요.

jeo gi yo yeo gi ju mun ba deu se yo

服務員，這裡要點餐。

주문을 바꿔도 될까요?

ju mu neul ppa kkwo do doel kka yo

點的菜可以更改嗎？

메뉴를 보여 주세요.

me nyu reul ppo yeo ju se yo

請我看菜單。

이건 어떤 요리죠?

i geon eo tteon yo ri jyo

這是什麼料理？

이것과 저것은 뭐가 다르죠?

i geot kkwa jeo geo seun mwo ga da reu jyo

這個和那個有什麼不同？

여기서 제일 잘하는 게 뭐죠?

yeo gi seo je il jal ha neun ge mwo jyo

這裡最好吃的料理是什麼？

점심 메뉴는 무엇이 있습니까?

jeom sim me nyu neun mu eo si it sseum ni kka

午餐種類有什麼？

이 요리는 어떻게 먹습니까?

i yo ri neun eo tteo ke meok sseum ni kka

這道菜該怎麼吃？

가장 빨리 되는 요리는 뭐예요?

ga jang ppal li doe neun yo ri neun mwo ye yo

可以最快上菜的料理是什麼？

시간이 없는데 빨리 되는 걸로 뭐가 있죠?

si ga ni eom neun de ppal li doe neun geol lo
mwo ga it jjyo

我沒有時間，可以快點上菜的有什麼？

이건 양이 많나요?

i geon yang i man na yo

這個的量很多嗎？

양은 어느 정도입니까?

yang eun eo neu jeong do im ni kka

量大概有多少？

밥 좀 많이 주세요.

bap jom ma ni ju se yo

飯請給我多一點。

그걸로 하겠습니다.

geu geol lo ha get sseum ni da

我要點那個。

같은 걸로 둘 주세요.

ga teun geol lo dul ju se yo

一樣的要點兩個。

이걸로 주세요.

i geol lo ju se yo

我要點這個。

스파게티 하나 주세요.

seu pa ge ti ha na ju se yo

請給我一份義大利麵。

채식 있습니까?

chae sik it sseum ni kka

有素食嗎？

아직 주문 준비가 안 됐어요.

a jik ju mun jun bi ga an dwae sseo yo

我還沒準備好要點菜。

이것하고 이것을 주세요.

i geo ta go i geo seul jju se yo

我要點這個還有這個。

저것과 같은 걸로 주세요.

jeo geot kkwa ga teun geol lo ju se yo

請給我跟那個一樣的。

저는 아무 거나 괜찮아요.

jeo neun a mu geo na gwaen cha na yo

我點什麼都可以。

여기의 특별 메뉴는 무엇입니까?

yeo gi ui teuk ppyeol me nyu neun mu eo sim ni kka

這裡的特色餐是什麼呢？

이 요리에는 파를 넣지 마세요.

i yo ri e neun pa reul neo chi ma se yo

這道菜請不要放蔥。

저희 집 불고기 드셔 보셨어요?

jeo hi jip bul go gi deu syeo bo syeo sseo yo

您吃過我們店的烤肉嗎？

감자탕을 먹고 싶어요.

gam ja tang eul meok kko si peo yo

我想吃排骨馬鈴薯湯。

지금 주문해 드려도 되겠습니까?

ji geum ju mun hae deu ryeo do doe get sseum ni kka

現在可以為您點餐嗎？

아직 결정을 못했어요. 잠깐만 있다가 와 주세요.

123

a jik gyeol jeong eul mo tae sseo yo jam kkan

man it tta ga wa ju se yo

我還沒決定好，請你待會再過來。

음료수는 식후에 주세요.

eum nyo su neun si ku e ju se yo

飲料飯後再送上來。

너무 맵지 않게 해 주세요.

neo mu maep jji an ke hae ju se yo

請不要用得太辣。

相 關 補 充

- 抱怨

고기가 질겨요.

go gi ga jil gyeo yo

肉很硬。

이건 잘못 시켰네요.

i geon jal mot si kyeon ne yo

這個點錯了。

커피가 식어 버렸네요.

keo pi ga si geo beo ryeon ne yo

咖啡都涼了。

음식이 식어 버려서 맛이 없어요.
eum si gi si geo beo ryeo seo ma si eop sseo yo
菜都冷了，不好吃。

이 빵 좀 더 구워 주세요.
i ppang jom deo gu wo ju se yo
這個麵包在幫我烤一下。

요리에서 이상한 냄새가 나는데요.
yo ri e seo i sang han naem sae ga na neun de
yo
從菜裡散發出奇怪的味道。

스프 안에 이상한 게 들어 있는데요.
seu peu a ne i sang han ge deu reo in neun de
yo
湯裡頭有奇怪的東西。

40분 전에 주문했는데요.
sa sip ppun jeo ne ju mun haen neun de yo
我四十分鐘前就點了...。

주문 한 거 아직 안 됐나요?

ju mun han geo a jik an dwaen na yo
我點的餐還沒好嗎？

이 요리는 너무 짭니다.
i yo ri neun neo mu jjam ni da
這料理太鹹了。

이건 주문하지 않았는데요.
i geon ju mun ha ji a nan neun de yo
我沒有點這道菜。

냄새가 이상해요. 상한 거 아닙니까?
naem sae ga i sang hae yo sang han geo a nim
ni kka
味道很奇怪。是不是壞掉了？

이건 제가 주문한 게 아닌데요.
i geon je ga ju mun han ge a nin de yo
這道菜不是我點的。

甜點和飲料

韓文 디저트와 음료수

發音 di jeo teu wa eum nyo su

情境會話

A : 마실[※] 것은 뭘로 하시겠습니까?

ma sil geo seun mwol lo ha si get sseum ni kka

您的飲料要喝什麼?

B : 뜨거운[※] 커피 한 잔 주세요.

tteu geo un keo pi han jan ju se yo

請給我一杯熱咖啡。

A : 커피는 언제 드시겠습니까?

keo pi neun eon je deu si get sseum ni kka

咖啡要什麼時候喝?

B : 커피는 식사와 함께 주세요.

keo pi neun sik ssa wa ham kke ju se yo

咖啡和餐點一起送上來。

關鍵文法

※「는/(으)ㄴ/(으)ㄹ」連接在動詞、形容詞或이다後面,用來修飾後面出現的名詞。「는」接在動詞現在式,「(으)ㄴ」接在動詞過去式,「(으)ㄹ」接在動詞未來式。動詞現在式「는」可以表示正在進行的動作或經常性。「(으)ㄴ」接在形容詞後

127

面，表示事物的性質或狀態。相當於中文的「...的...」。

關鍵單字

뜨겁다 形 tteu geop tta 熱 / 燙
커피 名 keo pi 咖啡
잔 量 jan （幾）杯
식사 名 sik ssa 用餐
함께 副 ham kke 一起

 相關例句

음료수는 주스, 맥주, 콜라, 녹차가 있습니다. 뭘 드릴까요?

eum nyo su neun ju seu maek jju kol la nok cha ga it sseum ni da mwol deu ril kka yo

飲料有果汁、啤酒、可樂和綠茶，您要什麼呢？

사과 주스로 주세요.

sa gwa ju seu ro ju se yo

請給我蘋果汁。

물 좀 주시겠어요?

mul jom ju si ge sseo yo

可以給我水嗎？

음료수는 무엇을 드릴까요?

eum nyo su neun mu eo seul tteu ril kka yo

您要什麼飲料？

커피 안에 설탕을 넣지 마세요.

keo pi a ne seol tang eul neo chi ma se yo

咖啡裡不要加糖。

아이스커피 큰 컵 한 잔 주세요.

a i seu keo pi keun keop han jan ju se yo

給我一杯大杯的冰咖啡。

음료수는 달게 해주세요.

eum nyo su neun dal kke hae ju se yo

飲料請幫我弄甜一點。

홍차로 주세요.

hong cha ro ju se yo

請給我紅茶。

커피만 마셔도 됩니까?

keo pi man ma syeo do doem ni kka

可以只喝咖啡嗎？

디저트는 무엇으로 할까요?

di jeo teu neun mu eo seu ro hal kka yo
您點心要吃什麼？

초콜릿 아이스크림을 주세요.
cho kol lit a i seu keu ri meul jju se yo
請給我巧克力冰淇淋。

딸기 케이크로 주세요.
ttal kki ke i keu ro ju se yo
請給我草莓蛋糕。

여기 와플도 있습니까?
yeo gi wa peul tto it sseum ni kka
這裡也有鬆餅嗎？

식사 후에 디저트도 있습니까?
sik ssa hu e di jeo teu do it sseum ni kka
餐後有甜點嗎？

相關補充

- 甜點

아이스크림
a i seu keu rim
冰淇淋

무스케이크
mu seu ke i keu
慕斯蛋糕

치즈케이크
chi jeu ke i keu
起司蛋糕

샌드위치
saen deu wi chi
三明治

도넛
do neot
甜甜圈

팝콘
pap kon
爆米花

푸딩
pu ding
布丁

슈크림

syu keu rim
泡芙

피자
pi ja
披薩

팥떡
pat tteok
紅豆糕

찹쌀떡
chap ssal tteok
糯米糕

아이스바
a i seu ba
冰棒

풀빵
pul ppang
鯛魚燒

要求所需的服務

韓文 필요한 것을 부탁할 때

發音 pi ryo han geo seul ppu ta kal ttae

025

情境會話

A : 아가씨, 디저트가 나오기 전에※ 식탁 좀
치워 주세요.

a ga ssi di jeo teu ga na o gi jeo ne sik tak
jom chi wo ju se yo

小姐，在送上飯後甜點之前，請幫我收拾
餐桌。

B : 네, 알겠습니다.

ne al kket sseum ni da

好的。

A : 그리고 물수건 하나 더 주세요.

geu ri go mul su geon ha na deo ju se yo

還有，請再給我一個濕巾。

B : 잠시만요. 바로 갖다 드릴게요.

jam si ma nyo ba ro gat tta deu ril ge yo

請稍等，馬上拿來給您。

關鍵文法

※ 「~기 전에」接在動詞後方，表示做某個動作或
行為之前，相當於中文的「在...之前」。如果要表
示某個時間點之前，可以在時間名詞後方，加上
「전에」。

關鍵單字

아가씨 名 a ga ssi 小姐

치우다 動 chi u da 收拾／整理

물수건 名 mul su geon 濕巾

잠시 名 jam si 暫時

갖다 動 gat tta 拿／帶

相關例句

필요하신 게 있으시면 벨을 눌러 주세요.

pi ryo ha sin ge i sseu si myeon be reul nul leo ju se yo

如果您有什麼需要，請按這個鈴。

커피를 한 잔 더 주시겠습니까?

keo pi reul han jan deo ju si get sseum ni kka

可以再給我一杯咖啡嗎？

반찬을 좀 더 주세요.

ban cha neul jjom deo ju se yo

請再給我一些小菜。

밥 하나 더 주시겠습니까?

bap ha na deo ju si get sseum ni kka

可以再給我一碗飯嗎？

티슈 좀 갖다 주세요.
ti syu jom gat tta ju se yo
請拿餐巾紙給我。

재떨이를 주세요.
jae tteo ri reul jju se yo
請給我菸灰缸。

계산서 좀 주시겠어요?
gye san seo jom ju si ge sseo yo
可以給我帳單嗎？

아가씨, 이쑤시개 있습니까?
a ga ssi i ssu si gae it sseum ni kka
小姐，這裡有牙籤嗎？

저기요, 화장실이 어디예요?
jeo gi yo hwa jang si ri eo di ye yo
小姐，請問化妝室在哪裡？

이 수프를 다시 한 번 데워 주세요.
i su peu reul tta si han beon de wo ju se yo
這碗湯再幫我熱一次。

새로운 포크를 주시겠습니까?

sae ro un po keu reul jju si get sseum ni kka

可以拿新的叉子給我嗎？

차가운 물을 주세요.

cha ga un mu reul jju se yo

請給我冰水。

와인잔 두 개 주세요.

wa in jan du gae ju se yo

請給我兩個紅酒杯。

국을 엎질렀는데 좀 치워 주시겠어요?

gu geul eop jjil leon neun de jom chi wo ju si ge sseo yo

湯打翻了，可以幫我清理嗎？

이 야채국은 너무 싱거워요. 소금 좀 갖다 주시겠어요?

i ya chae gu geun neo mu sing geo wo yo so geum jom gat tta ju si ge sseo yo

這蔬菜湯味道太淡了，可以拿鹽給我嗎？

相關補充

- 餐桌用品

식탁보
sik tak ppo
餐桌布

컵
keop
杯

포크
po keu
叉

칼
kal
刀

스푼
seu pun
湯匙

접시
jeop ssi
盤子

그릇

geu reut
碗

물병
mul byeong
水瓶

냅킨
naep kin
餐巾

포도주잔
po do ju jan
紅酒杯

이쑤시개
i ssu si gae
牙籤

쟁반
jaeng ban
托盤

酒吧

韓文 술집
發音 sul jip

 MP3 026

情境會話一

A：한잔 어때요?

han jan eo ttae yo

要不要喝一杯？

B：아니요, 이따가 운전을 해야 하니까 다음
　 에 합시다※.

a ni yo i tta ga un jeo neul hae ya ha ni
kka da eu me hap ssi da

不了，我待會要開車下次吧。

情境會話二

A：뭐 마실래요? 막걸리는 어때요?

mwo ma sil lae yo mak kkeol li neun eo
ttae yo

你要喝什麼？米酒怎麼樣？

B：좋죠. 나도 막걸리가 좋아요.

jo chyo na do mak kkeol li ga jo a yo

好啊！我也喜歡喝米酒。

關鍵文法

※「(으)ㅂ시다」接在動詞語幹後方，表示向對方提
出建議或邀請他人一起做某事。相當於中文的「一
起...吧。/ 我們...好嗎？」。當動詞語幹以母音結

束時，就使用ㅂ시다；當動詞語幹以子音結束時，就要使用읍시다。這裡要注意的一點是此句型不可以對比自己年紀大或社會地位比自己高的人使用。

關鍵單字

이따가 圓 i tta ga 等一下／待會

운전 名 un jeon 開車／駕駛

다음 名 da eum 下次／之後

마시다 動 ma si da 喝

막걸리 名 mak kkeol li 米酒

相關例句

맥주로 할까요?
maek jju ro hal kka yo?
你要喝啤酒嗎？

맥주 있어요?
maek jju i sseo yo
有啤酒嗎？

우선 소주 두 병 주세요.
u seon so ju du byeong ju se yo
先我兩瓶燒酒。

맥주 두 잔 주세요.
maek jju du jan ju se yo
請給我兩杯啤酒。

소주 한 병 더 주세요.
so ju han byeong deo ju se yo
再給我一瓶燒酒。

얼음 좀 주세요.
eo reum jom ju se yo
請給我冰塊。

제가 한잔 따라 드릴게요.
je ga han jan tta ra deu ril ge yo
我倒一杯酒給您。

술은 어떤 게 있습니까?
su reun eo tteon ge it sseum ni kka
酒有哪些？

술을 대접하고 싶습니다.
su reul ttae jeo pa go sip sseum ni da
我想請你喝酒。

안주는 뭘로 하시겠어요?

an ju neun mwol lo ha si ge sseo yo
您要什麼下酒菜？

안주는 무엇이 있습니까?
an ju neun mu eo si it sseum ni kka
有什麼下酒菜？

자, 모두들 건배합시다.
ja mo du deul kkeon bae hap ssi da
來，大家一起乾杯。

원샷! 원샷!
won syat won syat
一口氣喝光吧！

술은 드세요?
su reun deu se yo
你喝酒嗎？

이 요리와 잘 어울리는 술은 어느 것입니까?
i yo ri wa jal eo ul li neun su reun eo neu geo sim
ni kka
適合和這道菜一起喝的酒是哪種？

건배!

geon bae
乾杯！

여러분 모두의 행복을 위하여!
yeo reo bun mo du ui haeng bo geul wi ha yeo
為了大家的幸福！

자, 모두들 잔을 비웁시다!
ja mo du deul jja neul ppi up ssi da
來！大家一起乾杯！

죽 비우세요.
juk bi u se yo
要喝光！

한잔 더 합시다.
han jan deo hap ssi da
再喝一杯吧。

딱 한잔만!
ttak han jan man
就再一杯就好。

어떤 술을 좋아하세요?
eo tteon su reul jjo a ha se yo

你喜歡喝什麼酒？

이 술은 독한가 봐요.
i su reun do kan ga bwa yo.
這酒好像很烈。

저는 소주가 더 좋아요.
jeo neun so ju ga deo jo a yo
我比較喜歡喝燒酒。

전 술이라면 뭐든지 다 좋아요.
jeon su ri ra myeon mwo deun ji da jo a yo
只要是酒我都喜歡。

다른 곳으로 가서 더 마실까요?
da reun go seu ro ga seo deo ma sil kka yo
要不要再去其他地方喝？

술은 좋아하지만 마시면 머리가 아파서 잘 안 마
셔요.
su reun jo a ha ji man ma si myeon meo ri ga a
pa seo jal an ma syeo yo
雖然我喜歡喝酒，但喝了之後頭會痛所以我不常
喝。

술 마시는 거 좋아하세요?
sul ma si neun geo jo a ha se yo
你喜歡喝酒嗎？

그 사람은 술고래예요.
geu sa ra meun sul go rae ye yo.
他是酒鬼。

벌써 술을 끊었습니다.
beol sseo su reul kkeu neot sseum ni da
我已經戒酒了。

저는 술을 별로 못합니다.
jeo neun su reul ppyeol lo mo tam ni da
我不太會喝酒。

한 잔만 마셔도 얼굴이 빨개져요.
han jan man ma syeo do eol gu ri ppal kkae jeo
yo
我喝一杯就會臉紅。

상당히 취한 것 같아요.
sang dang hi chwi han geot ga ta yo
好像很醉的樣子。

토할 것 같아요.

to hal kkeot ga ta yo

好像要吐了。

당신 많이 취했어요. 제가 운전할게요.

dang sin ma ni chwi hae sseo yo je ga un jeon

hal kke yo

你醉了，我來開車。

칵테일 있습니까?

kak te il it sseum ni kka

有雞尾酒嗎？

相 關 補 充

- 酒類

와인

wa in

紅酒

위스키

wi seu ki

威士忌

양주

yang ju
洋酒

샴페인
syam pe in
香檳

보드카
bo deu ka
伏特加

청주
cheong ju
清酒

캔맥주
kaen maek jju
罐裝啤酒

술을 따르다
su reul tta reu da
倒酒

飯後結帳

韓文 식사 후 계산할 때

發音 sik ssa hu gye san hal ttae

情境會話一

A：돈 여기 있습니다.
don yeo gi it sseum ni da
錢在這裡。

B：감사합니다. 또 오세요.
gam sa ham ni da tto o se yo
謝謝，歡迎下次光臨。

情境會話二

A：오늘은 제가 살게요※.
o neu reun je ga sal kke yo
今天我請客。

B：아닙니다. 제가 계산하겠어요. 다음에
사세요.
a nim ni da je ga gye san ha ge sseo yo
da eu me sa se yo
不，我來付款，你下回再付吧。

關鍵文法

※「(으)ㄹ게요」接在動詞後方，表示說話者表明自己的意思或意願，同時也向聽話者做出承諾。相當於中文的「我來... / 我會...」。此句型只能用於第一人稱。當動詞語幹以母音或ㄹ結束時，就接ㄹ게

요; 當動詞語幹以子音結束時，就接을게요。

關鍵單字

돈 名 don 錢

여기 代 yeo gi 這裡 / 此處

또 副 tto 又 / 再

사다 動 sa da 買

계산하다 動 gye san ha da 結帳 / 計算

 相關例句

제가 내겠습니다.
je ga nae get sseum ni da
我來付錢。

잘 먹었습니다. 얼마예요?
jal meo geot sseum ni da eol ma ye yo
我吃飽了，多少？

오늘은 내가 쏜다!
o neu reun nae ga sson da
今天我請客。

아까 계산했어요.
a kka gye san hae sseo yo

我剛才付錢了。

영수증을 주세요.
yeong su jeung eul jju se yo
請給我收據。

이것은 제가 내겠습니다.
i geo seun je ga nae get sseum ni da
這個我來付。

요금은 각자 부담합시다.
yo geu meun gak jja bu dam hap ssi da
費用各自付吧。

이건 무슨 요금이에요?
i geon mu seun yo geu mi e yo
這是什麼費用?

제가 낼 돈이 얼마죠?
je ga nael do ni eol ma jyo
我要付多少錢?

제가 내겠습니다.
je ga nae get sseum ni da
我來付錢。

따로따로 계산해 주세요.

tta ro tta ro gye san hae ju se yo

請分開算。

거스름돈이 모자라네요.

geo seu reum do ni mo ja ra ne yo

我零錢不夠耶！

아직 거스름돈은 안 받았는데요.

a jik geo seu reum do neun an ba dan neun de yo

我還沒拿找得錢。

계산이 틀린 것 같은데요.

gye sa ni teul lin geot ga teun de yo

帳單好像有誤。

이건 주문 안 했는데요.

i geon ju mun an haen neun de yo

我沒點這個啊！

계산에는 봉사료도 포함돼 있습니다.

gye sa ne neun bong sa ryo do po ham dwae it sseum ni da

費用包含了服務費。

잔돈 받으세요. 오백원입니다.

jan don ba deu se yo o bae gwo nim ni da

請收下零錢，500韓元。

相 關 補 充

- 打包

이걸 좀 싸주세요.

i geol jom ssa ju se yo

請幫我將這個打包。

다 못 먹었으니까 포장해 주세요.

da mot meo geo sseu ni kka po jang hae ju se yo

我吃不完，請幫我包起來。

이 음식을 싸 주시겠습니까?

i eum si geul ssa ju si get sseum ni kka

這道菜可以幫我打包嗎？

Part 03

교 통
交通

開車

韓文 자동차 이용할 때
發音 ja dong cha i yong hal ttae

情境會話一

A : 여긴 일방 통행인가요?
yeo gin il bang tong haeng in ga yo
這裡是單行道嗎？

B : 그런 것 같아요※.
geu reon geot ga ta yo
好像是。

情境會話二

A : 속도 위반 티켓을 받았습니다.
sok tto wi ban ti ke seul ppa dat sseum ni da
我收到超速罰單了。

B : 벌금이 얼마예요?
beol geu mi eol ma ye yo
罰金多少錢？

關鍵文法

※「(으)ㄹ/ㄴ/는 것 같다」表示對某事或狀態的推測。動詞過去式「ㄴ 것 같다」用，現在式用「는 것 같다」，未來式用「(으)ㄹ 것 같다」，形容詞用「ㄴ 것 같다」。

關鍵單字

여기 代 yeo gi 這裡

그렇다 形 geu reo ta 那樣

속도 名 sok tto 速度

위반 名 wi ban 違反 / 違背

벌금 名 beol geum 罰金

 相關例句

어디에 주차해야 하죠?

eo di e ju cha hae ya ha jyo?

我車該停在哪？

빨간불이다.

ppal kkan bu ri da

紅燈了。

신호가 빨간불로 바뀌겠어요.

sin ho ga ppal kkan bul lo ba kkwi ge sseo yo

要變紅燈了。

잠깐 여기에 주차해도 될까요?

jam kkan yeo gi e ju cha hae do doel kka yo

車子可以暫時停在這裡一下嗎？

근처에 주차장이 있습니까?

geun cheo e ju cha jang i it sseum ni kka

這附近有停車場嗎？

다음 휴게소까지 멉니까?

da eum hyu ge so kka ji meom ni kka

離下個休息站很遠嗎？

차가 많이 막히네요.

cha ga ma ni ma ki ne yo

交通真的很壅塞。

오늘은 차가 많지 않군요.

o neu reun cha ga man chi an ku nyo

今天車子不多耶！

저는 조심해서 운전합니다.

jeo neun jo sim hae seo un jeon ham ni da

我開車很小心的。

저 신호등에서 좌회전할 거예요.

jeo sin ho deung e seo jwa hoe jeon hal kkeo ye yo

我要在那個紅綠燈左轉。

기름을 가득 채워 주세요.

gi reu meul kka deuk chae wo ju se yo

幫我把油加滿。

제 차가 고장났어요.

je cha ga go jang na sseo yo

我的車壞掉了。

펑크입니다. 수리해 주세요.

peong keu im ni da su ri hae ju se yo

爆胎了，幫我修理。

브레이크 고장입니다.

beu re i keu go jang im ni da

煞車壞掉了。

차가 고장입니다. 견인하러 와 주시겠어요?

cha ga go jang im ni da gyeo nin ha reo wa ju si

ge sseo yo

我車子故障了，可以來幫我拖車嗎？

운전하실 때는 안전벨트를 꼭 매도록 하세요.

un jeon ha sil ttae neun an jeon bel teu reul kkok

mae do rok ha se yo

開車的時候請務必繫上安全帶。

당신 요즘 운전 배운다면서요?

dang sin yo jeum un jeon bae un da myeon seo
yo

聽說你最近在學開車阿？

세차 좀 해 주세요.

se cha jom hae ju se yo

請幫我洗車。

배터리가 떨어졌습니다. 충전해 주시겠어요?

bae teo ri ga tteo reo jeot sseum ni da chung
jeon hae ju si ge sseo yo

電池沒電了，可以幫我充電嗎？

신호를 무시하고 건너지 마세요.

sin ho reul mu si ha go geon neo ji ma se yo

請不要闖紅燈。

면허증 좀 보여 주시겠어요?

myeon heo jeung jom bo yeo ju si ge sseo yo

可以給我看一下駕照嗎？

相 關 補 充

- 汽車相關詞彙

도로
do ro
道路

주유소
ju yu so
加油站

운전하다
un jeon ha da
開車 / 駕駛

교통 경찰
gyo tong gyeong chal
交通警察

전진하다
jeon jin ha da
前進

후진하다
hu jin ha da
後退

교통사고

gyo tong sa go
車禍

행인
haeng in
行人

번호판
beon ho pan
車牌

핸들
haen deul
方向盤

안전 벨트
an jeon bel teu
安全帶

차바퀴
cha ba kwi
車輪

搭計程車

韓文 택시를 탈 때
發音 taek ssi reul tal ttae

029

情境會話一

A : 어디까지[※] 가세요?

eo di kka ji ga se yo

您要去哪裡？

B : 동대문 시장까지[※] 부탁합니다.

dong dae mun si jang kka ji bu ta kam ni da

我要去東大門市場。

情境會話二

A : 명동에 가려면 시간이 어느 정도 걸릴까요?

myeong dong e ga ryeo myeon si ga ni eo neu jeong do geol lil kka yo

到明洞要多少時間？

B : 길이 안 막히면 30분정도면 갈 수 있습니다.

gi ri an ma ki myeon sam sip ppun jeong do myeon gal ssu it sseum ni da

不塞車的話，半小時左右就可以到了。

關鍵文法

※「까지」代表時間或距離的終點。如果要用韓文表示某一距離的範圍，可以使用「～에서 ～까지」的句型，相當於中文的「從...到...」。

關鍵單字

어디 代 eo di 哪裡

시장 名 si jang 市場

부탁하다 動 bu ta ka da 請託 / 拜託

시간 名 si gan 時間

막히다 動 ma ki da 堵塞 / 不通

 相關例句

택시를 불러 주시겠습니까?

taek ssi reul ppul leo ju si get sseum ni kka

你可以幫我叫計程車嗎？

택시를 불렀으니 15분 정도면 도착할 겁니다.

taek ssi reul ppul leo sseu ni si bo bun jeong do

myeon do cha kal kkeom ni da

已經叫好計乘車了，大概十五分鐘就會到。

인천공항까지 갑니다.

in cheon gong hang kka ji gam ni da

我要去仁川機場。

이 주소까지 부탁합니다.

i ju so kka ji bu ta kam ni da

我要去這個地址。

좀 천천히 가 주세요.

jom cheon cheon hi ga ju se yo

請慢慢開。

아저씨, 여기서 내려 주세요.

a jeo ssi yeo gi seo nae ryeo ju se yo

大叔，我要在這裡下車。

여기서 세워 주세요.

yeo gi seo se wo ju se yo

請在這裡停車。

저 지하철 역 앞에서 세워 주세요.

jeo ji ha cheol yeok a pe seo se wo ju se yo

請在那個地鐵站前方停車。

빠른 길로 가 주세요.

ppa reun gil lo ga ju se yo

請走快速道路。

아저씨, 좀 빨리 가주세요.

a jeo ssi jom ppal li ga ju se yo

司機叔叔，請開快一點。

미안하지만, 택시 좀 잡아 주세요.

mi an ha ji man taek ssi jom ja ba ju se yo

不好意思，請幫我攔計程車。

택시 기본 요금은 얼마예요?

taek ssi gi bon yo geu meun eol ma ye yo

計程車的基本費用是多少錢？

남산타워에 가려면 택시가 제일 편해요.

nam san ta wo e ga ryeo myeon taek ssi ga je il
pyeon hae yo

如果要去南山塔，搭計程車最方便。

길이 막힐지도 모르니까 우린 택시를 타지 말고
지하철을 탑시다.

gi ri ma kil ji do mo reu ni kka u rin taek ssi reul
ta ji mal kko ji ha cheo reul tap ssi da

搞不好會塞車，我們別搭計程車坐地鐵吧。

트렁크 좀 열어 주세요.

teu reong keu jom yeo reo ju se yo

請打開後車廂。

계속 직진해 주세요.

gye sok jik jjin hae ju se yo

請繼續前進。

어디서 세워드릴까요?
eo di seo se wo deu ril kka yo
要在哪停車呢？

손님, 다 왔습니다.
son nim da wat sseum ni da
先生（小姐），已經到了。

지름길이 있나요?
ji reum gi ri in na yo
有捷徑嗎？

거스름돈은 가지세요.
geo seu reum do neun ga ji se yo.
不必找零。

相 關 補 充

- 韓國各地方

서울
seo ul
首爾

부산
bu san

釜山

대구
dae gu
大邱

대전
dae jeon
大田

광주
gwang ju
光州

강릉
gang neung
江陵

울산
ul san
蔚山

강원도
gang won do
江原道

경기도
gyeong gi do
京畿道

제주도
je ju do
濟州島

경상도
gyeong sang do
慶尚道

전라도
jeol la do
全羅道

충청도
chung cheong do
忠清道

搭公車

釋文 버스 이용하기
發音 beo seu i yong ha gi

 030

情境會話一

A : 마지막 버스는 몇 시에 있습니까?
ma ji mak beo seu neun myeot si e it sseum ni kka?
最後一台公車是幾點？

B : 12시에 있습니다.
yeol du si e it sseum ni da
12點。

情境會話二

A : 제가 내릴 곳을 놓쳤는데요! <u>세워 주시겠어요</u>※?
je ga nae ril go seul not cheon neun de yo se wo ju si ge sseo yo
我錯過要下車的地方了，可以停下來嗎？

B : 죄송하지만 다음 정류장에서 내리셔야 합니다.
joe song ha ji man da eum jeong nyu jang e seo nae ri syeo ya ham ni da
對不起，您必須在下一站下車。

關鍵文法

※「아/어 주시겠어요?」是以疑問句的方式，向對

方請求協助的用法，相當於中文的「您可以幫我...嗎？」。此種表達方式比「아/어 주세요」更有禮貌。

關鍵單字

마지막	名	ma ji mak	最後
내리다	動	nae ri da	下 (車) / 降、落
놓치다	動	not chi da	錯過
세우다	動	se u da	停 (車) / 建立
정류장	名	jeong nyu jang	（ 車 ）站

相關例句

버스를 타시는 것이 더 빠를 거예요.

beo seu reul ta si neun geo si deo ppa reul kkeo ye yo

乘公共汽車去更快。

오늘 아침에 버스가 또 지연됐어요.

o neul a chi me beo seu ga tto ji yeon dwae sseo yo

今天早上的公車又誤點了。

이 버스가 신촌에 가는지 아세요?

i beo seu ga sin cho ne ga neun ji a se yo

你知道這台公車會到新村嗎？

이 시간에 버스가 끊겼어요.
i si ga ne beo seu ga kkeun kyeo sseo yo
這個時間已經沒有公車了。

버스 노선 안내도 있습니까?
beo seu no seon an nae do it sseum ni kka
有公車路線圖嗎？

가장 가까운 버스 승강장이 어디죠?
ga jang ga kka un beo seu seung gang jang i eo
di jyo
最近的公車站牌在哪裡？

여기가 버스 기다리는 줄인가요?
yeo gi ga beo seu gi da ri neun ju rin ga yo
這是等公車的隊伍嗎？

버스가 왜 안오는 거야!
beo seu ga wae a no neun geo ya
公車為什麼還不來？

888번 버스를 타셔야 합니다.
pal ppaek pal ssip pal ppeon beo seu reul ta

syeo ya ham ni da
您必須要搭888號公車。

도착하면 알려 주시겠어요?
do cha ka myeon al lyeo ju si ge sseo yo
到的話可以通知我一聲嗎?

어느 쪽에서 버스를 타야 합니까?
eo neu jjo ge seo beo seu reul ta ya ham ni kka
我該在哪一邊搭公車?

거기에 가는 직행버스는 없습니다.
geo gi e ga neun ji kaeng beo seu neun eop
sseum ni da.
沒有去那裡的直達公車。

이 버스는 고려대학교 앞에 섭니까?
i beo seu neun go ryeo dae hak kkyo a pe seom
ni kka
這台公車會停在高麗大學前面嗎?

당신은 버스를 잘못 탔습니다.
dang si neun beo seu reul jjal mot tat sseum ni
da
您搭錯公車了。

어느 버스를 타야 합니까?

eo neu beo seu reul ta ya ham ni kka

我該搭哪台公車？

길 건너 편에서 750번 버스를 타세요.

gil geon neo pyeo ne seo chil bae go sip ppeon

beo seu reul ta se yo

請在馬路對面搭750號公車。

버스는 언제 옵니까?

beo seu neun eon je om ni kka

公車什麼時候會來？

이 버스는 어디로 갑니까?

i beo seu neun eo di ro gam ni kka

這台公車開往哪裡？

이 버스는 어느 방향으로 가는 버스죠?

i beo seu neun eo neu bang hyang eu ro ga

neun beo seu jyo

這台公車是開往哪個方向的公車？

다음 정류장은 어디입니까?

da eum jeong nyu jang eun eo di im ni kka

下一站是哪裡？

어느 버스를 타야 하죠?

eo neu beo seu reul ta ya ha jyo

我該搭那一台公車？

이쪽 편에서 버스를 타세요.

i jjok pyeo ne seo beo seu reul ta se yo

請在這邊搭公車。

이곳에 동대문 운동장으로 가는 버스가 있습니까?

i go se dong dae mun un dong jang eu ro ga neun beo seu ga it sseum ni kka

這裡有開往東大門運動場的公車嗎？

다음 111번 버스는 언제 오죠?

da eum bae gil si bil beon beo seu neun eon je o jyo

下一台111號公車什麼時候會來？

어느 버스가 시내로 갑니까?

eo neu beo seu ga si nae ro gam ni kka

哪一台公車會開往市區呢？

相關補充

- 公車相關詞彙

버스 운전사
beo seu un jeon sa
公車司機

승객
seung gaek
乘客

고속버스
go sok ppeo seu
高速公車 / 長途公車

관광버스
gwan gwang beo seu
觀光巴士

공항버스
gong hang beo seu
機場巴士

搭地鐵

韓文 지하철 이용하기
發音 ji ha cheol i yong ha gi

 031

情境會話一

A : 종각 역에 가려면 <u>이</u>* 지하철을 탑니까?

jong gak yeo ge ga ryeo myeon i ji ha
cheo reul tam ni kka

如果要去鐘閣站，是搭這個地鐵嗎？

B : 아닙니다. 다음 시청역에서 갈아타세요.

a nim ni da da eum si cheong yeo ge seo
ga ra ta se yo

不是，請在下個市政府站換車。

情境會話二

A : 이 근처에 지하철 역이 있나요?

i geun cheo e ji ha cheol yeo gi in na yo

請問這附近有地鐵站嗎？

B : 있는데 좀 멉니다.

in neun de jom meom ni da

有，但是有點遠。

關鍵文法

※ 「이」是指示代名詞，有「這個」的意思。如果
要指示事物，可以使用「이」；如果要指稱場所，
可以使用「여기」來表示「這裡」的意思。另外，
「이」和「여기」是近稱，表指示的事物，離談話

175

者較近。

關鍵單字

역 名 yeok （火車、地鐵）站

지하철 名 ji ha cheol 地鐵

갈아타다 動 ga ra ta da 換車／轉車

좀 副 jom 有點／稍微

멀다 形 meol da 遠

 相關例句

지하철은 몇 시까지 운행하나요?

ji ha cheo reun myeot si kka ji un haeng ha na yo

地鐵運行到幾點？

롯데월드에 가려면 몇 번 출구예요?

rot tte wol deu e ga ryeo myeon myeot beon chul

gu ye yo

要去樂天世界要從幾號出口出去呢？

5번 출구로 나가세요.

o beon chul gu ro na ga se yo

請從5號出口出去。

충무로 역에 가고 싶은데 몇 호선을 타야 되나요?

chung mu ro yeo ge ga go si peun de myeot ho
seo neul ta ya doe na yo
請問去忠武路站要搭幾號線呢？

여기서 4호선을 타면 됩니다.
yeo gi seo sa ho seo neul ta myeon doem ni da
在這裡搭4號線就可以了。

몇 호선을 타야 합니까?
myeot ho seo neul ta ya ham ni kka
該搭幾號線呢？

제가 어느 역에서 갈아타야 합니까?
je ga eo neu yeo ge seo ga ra ta ya ham ni kka
那我該在那一站轉車呢？

환승해야 하나요?
hwan seung hae ya ha na yo
要換乘嗎？

여기 지하철역이 없나요?
yeo gi ji ha cheo ryeo gi eom na yo
這裡有地鐵站嗎？

2호선 녹색 라인을 타세요.

i ho seon nok ssaek ra i neul ta se yo
請搭綠色的2號線。

다음 역은 무슨 역입니까?
da eum yeo geun mu seun yeo gim ni kka
下一站是什麼站？

7번 출구는 어디입니까?
chil beon chul gu neun eo di im ni kka
請問7號出口在哪裡？

지하철 지도를 구하고 싶습니다.
ji ha cheol ji do reul kku ha go sip sseum ni da
我想領取地鐵圖。

지하철이 더 편리해요.
ji ha cheo ri deo pyeol li hae yo
地鐵更方便。

실례합니다. 이 지하철이 인천국제공항까지 가나
요?
sil lye ham ni da i ji ha cheo ri in cheon guk jje
gong hang kka ji ga na yo
不好意思，請問這地鐵會仁川國際機場嗎？

相 關 補 充

- 地鐵相關詞彙

역
yeok
車站

~호선
ho seon
~號線

교통카드
gyo tong ka deu
交通卡（T-money）

환승역
hwan seung yeok
換乘站

경로석
gyeong no seok
博愛座

손잡이
son ja bi

手拉環

표 판매기
pyo pan mae gi
售票機

타다
ta da
搭車

내리다
nae ri da
下車

기다리다
gi da ri da
等候

지하철 역의 입구
ji ha cheol yeo gui ip kku
地鐵站的入口

교통카드 충전기
gyo tong ka deu chung jeon gi
交通卡儲值機

搭火車

韓文 기차 이용하기
發音 gi cha i yong ha gi

 032

情境會話

A : 부산 가는 표 두장 주세요.

bu san ga neun pyo du jang ju se yo

給我兩張去釜山的票。

B : 편도표입니까, 왕복표입니까?

pyeon do pyo im ni kka wang bok pyo im
ni kka

您要單程票還是往返票？

A : 편도표 두 장 부탁합니다.

pyeon do pyo du jang bu ta kam ni da

請給我兩張單程票。

B : 10만원※입니다.

sim ma nwo nim ni da

十萬韓元。

關鍵文法

※「원」表示韓國的貨幣單位，相當於中文的
「元」。

關鍵單字

부산 地 bu san 釜山

가다 動 ga da 去 / 前往

표 名 pyo 票
장 依 jang （一）張
편도 名 pyeon do 單程
왕복 名 wang bok 往返
만 數 man 萬

相關例句

대구행 기차 있습니까?
dae gu haeng gi cha it sseum ni kka
有前往大邱的列車嗎？

서울역까지 왕복표 한 장 주세요.
seo ul lyeok kka ji wang bok pyo han jang ju se
yo
請給我一張到首爾站的往返票。

우리가 탈 기차는 20분 연착되었습니다.
u ri ga tal kki cha neun i sip ppun yeon chak ttoe
eot sseum ni da
我們要搭的火車誤點了20分鐘。

급행 열차로 가고 싶어요.
geu paeng yeol cha ro ga go si peo yo
我想搭特快車。

이 급행은 어디로 갑니까?

i geu paeng eun eo di ro gam ni kka

這台特快車是開往哪裡的？

이 표로 이 급행을 탈 수 있습니까?

i pyo ro i geu paeng eul tal ssu it sseum ni kka

這張票可以搭這個特快車嗎？

기차역이 어디에 있습니까?

gi cha yeo gi eo di e it sseum ni kka

火車站在哪裡呢？

목적지까지 역이 몇 개 남았습니까?

mok jjeok jji kka ji yeo gi myeot gae na mat sse-
um ni kka

離目的地還有幾站？

표를 환불하고 싶은데요.

pyo reul hwan bul ha go si peun de yo

我想退票。

이것은 급행입니까, 완행입니까?

i geo seun geu paeng im ni kka wan haeng im ni
kka

這是特快列車還是普通列車？

매표소는 어디 있어요?

mae pyo so neun eo di i sseo yo

售票處在哪裡？

표는 어디서 삽니까?

pyo neun eo di seo sam ni kka

票要在哪裡買？

표를 잃어 버렸습니다. 어떻게 합니까?

pyo reul i reo beo ryeot sseum ni da eo tteo ke
ham ni kka

我把票弄丟了，怎麼辦？

대구까지 얼마입니까?

dae gu kka ji eol ma im ni kka

到大邱要多少錢？

다음 정거장은 어디입니까?

da eum jeong geo jang eun eo di im ni kka

下一站是哪裡？

편도는 얼마예요?

pyeon do neun eol ma ye yo

單程票多少錢？

왕복표는 얼마예요?

wang bok pyo neun eol ma ye yo

往返票多少錢？

5시 30분에 서울행 열차가 있습니까?

da seot ssi sam sip ppu ne seo ul haeng yeol cha ga it sseum ni kka

五點三十分有開往首爾的列車嗎？

이게 부산행 열차입니까?

i ge bu san haeng yeol cha im ni kka

這是開往釜山的列車嗎？

서울행 열차는 자주 있습니까?

seo ul haeng yeol cha neun ja ju it sseum ni kka

經常會有開往首爾的列車嗎？

대전에 가는 기차는 몇 시에 출발합니까?

dae jeo ne ga neun gi cha neun myeot si e chul bal ham ni kka

往大田的列車幾點出發？

相 關 補 充

- 火車相關詞彙

기차역
gi cha yeok
火車站

매표소
mae pyo so
售票處

매표원
mae pyo won
售票員

차표
cha pyo
車票

시각표
si gak pyo
時刻表

열차
yeol cha
列車

좌석

jwa seok
座位

철도
cheol do
鐵路

객차
gaek cha
客車

기관차
gi gwan cha
火車頭

플랫폼
peul laet pom
月台

서울행 열차
seo ul haeng yeol cha
開往首爾的列車

問路

韓文 길 물어볼 때
發音 gil mu reo bol ttae

 033

A : 실례하지만 제가 길을 잃었는데요. 당신은 이 지역을 잘 아십니까?

sil lye ha ji man je ga gi reul i reon neun de yo dang si neun i ji yeo geul jjal a sim ni kka

不好意思，我迷路了，您對這一帶熟嗎？

B : 네, 저는 이 근처에 삽니다. 어디로[※] 가십니까?

ne jeo neun i geun cheo e sam ni da eo di ro ga sim ni kka

很熟，我住在這附近，您要去哪裡？

A : 롯데 백화점이 어디에 있는지 아십니까?

rot tte bae kwa jeo mi eo di e in neun ji a sim ni kka

您知道樂天百貨公司在哪裡嗎？

B : 이 길로 곧장 가다가 다음 모퉁이에서 오른쪽으로[※] 도세요. 거기에 가면 롯데 백화점이 보일 겁니다.

i gil lo got jjang ga da ga da eum mo tung i e seo o reun jjo geu ro do se yo geo gi e ga myeon rot tte bae kwa jeo mi bo il

geom ni da

你沿著這條路一直往前走，然後在下一個路口右轉。到了那裡，你就會看到樂天百貨公司。

A：가르쳐 주셔서 감사합니다.

ga reu cheo ju syeo seo gam sa ham ni da

謝謝你告訴我。

關鍵文法

※「로/으로」是助詞，連接在名詞後面，可以表示方向、手段、方法等意涵。會話中的로和으로表示方向。名詞末音節為母音或ㄹ結束時，就使用「로」；若是子音時，則使用「으로」。

關鍵單字

잃다　動　il ta　丟失／走失

지역　名　ji yeok　地區

근처　名　geun cheo　附近

모퉁이　名　mo tung i　轉彎處

오른쪽　名　o reun jjok　右邊

相關例句

서울 호텔로 가는 길을 좀 가르쳐 주시겠습니까?

seo ul ho tel lo ga neun gi reul jjom ga reu cheo
ju si get sseum ni kka

你可以告訴我怎麼去首爾飯店嗎？

이길이 서울대학교로 가는 길입니까?

i gi ri seo ul dae hak kkyo ro ga neun gi rim ni
kka

這條路會到首爾大學吧？

서울 극장으로 가려면 어느 길로 가야 합니까?

seo ul geuk jjang eu ro ga ryeo myeon eo neu gil
lo ga ya ham ni kka

如果要去首爾劇院，該走哪一條路呢？

한국민속촌으로 가는 지름길을 알려 주시겠습니
까?

han gung min sok cho neu ro ga neun ji reum gi
reul al lyeo ju si get sseum ni kka

可以告訴我去韓國民俗村的捷徑嗎？

인사동으로 가려면 어느 길이 가장 좋을까요?

in sa dong eu ro ga ryeo myeon eo neu gi ri ga
jang jo eul kka yo

如果要去仁寺洞，走哪條路最方便呢？

이 거리의 이름이 무엇입니까?

i geo ri ui i reu mi mu eo sim ni kka

這街道的名稱是什麼？

신한은행이 어디에 있는지 말해 주시겠습니까?

sin ha neun haeng i eo di e in neun ji mal hae ju si get sseum ni kka

可以告訴我新韓銀行在哪裡嗎？

김치박물관으로 가려면 이 길이 맞습니까?

gim chi bang mul gwa neu ro ga ryeo myeon i gi ri mat sseum ni kka

去泡菜博物館，這條路沒錯嗎？

지하철 역은 어디에 있습니까?

ji ha cheol yeo geun eo di e it sseum ni kka

地鐵站在哪裡？

실례지만, 근처에 슈퍼마켓이 있습니까?

sil lye ji man geun cheo e syu peo ma ke si it sseum ni kka

不好意思，這附近有超市嗎？

그곳은 지하철 역에서 가깝나요?

geu go seun ji ha cheol yeo ge seo ga kkam na yo

那裡離地鐵站近嗎？

지도를 좀 그려 주시겠습니까?
ji do reul jjom geu ryeo ju si get sseum ni kka
可以畫張地圖給我嗎？

이 지도에서 볼 때 지금 제가 있는 곳은 어디입니까?
i ji do e seo bol ttae ji geum je ga in neun go seun eo di im ni kka
我現在的位置在這張地圖的哪裡？

서울의 지도를 어디에서 구할 수 있을까요?
seo u rui ji do reul eo di e seo gu hal ssu i sseul kka yo
哪裡可以取得首爾的地圖呢？

동물원으로 가려면 어떻게 갑니까?
dong mu rwo neu ro ga ryeo myeon eo tteo ke gam ni kka
去動物園怎麼走？

우체국은 바로 맞은 편에 있습니다.
u che gu geun ba ro ma jeun pyeo ne it sseum ni da

就在對面。

이 길을 건너 가세요.
i gi reul kkeon neo ga se yo
請過這條馬路。

이 길을 따라 가십시오.
i gi reul tta ra ga sip ssi o
請沿著這條路走。

이 길을 따라가면 그곳에 이르게 됩니다.
i gi reul tta ra ga myeon geu go se i reu ge doem
ni da
沿著這條路走，就會到達那裡。

20분쯤 걸립니다.
i sip ppun jjeum geol lim ni da
要走20分鐘左右。

앞으로 곧장 70미터쯤 가세요.
a peu ro got jjang chil sim mi teo jjeum ga se yo
一直往前走約 70公尺 。

삼거리가 나오면 왼편으로 가십시오.
sam geo ri ga na o myeon oen pyeo neu ro ga

sip ssi o
到十字路口後往左走。

신호등이 나올 때까지 이 길을 똑바로 가십시오.
sin ho deung i na ol ttae kka ji i gil eul ttok ppa ro
ga sip ssi o
沿著這條路一直走，直到看到紅綠燈為止。

첫번째 모퉁이에서 좌회전 하십시오.
cheot ppeon jjae mo tung i e seo jwa hoe jeon ha
sip ssi o
請在第一個路口左轉。

교차로에서 우회전 하십시오.
gyo cha ro e seo u hoe jeon ha sip ssi o.
請在交叉路右轉。

두번째 신호등에서 좌회전 하십시오
du beon jjae sin ho deung e seo jwa hoe jeon ha
sip ssi o
請在第二個紅綠燈左轉。

첫 번째 모퉁이에서 우회전하면 바로 앞에 있습니
다.
cheot beon jjae mo tung i e seo u hoe jeon ha

myeon ba ro a pe it sseum ni da

在第一個路口右轉後，就在前面了。

삼성 빌딩은 바로 눈 앞에 있는 큰 건물입니다.

sam seong bil ding eun ba ro nun a pe in neun
keun geon mu rim ni da

三星大樓就是眼前的這棟大建築物。

그것은 하나은행 옆에 위치하고 있습니다.

geu geo seun ha na eun haeng yeo pe wi chi ha
go it sseum ni da

它位在Hana銀行的旁邊。

경희대학교에서 5분 거리에 있습니다.

gyeong hi dae hak kkyo e seo o bun geo ri e it
sseum ni da

離慶熙大學五分鐘的距離。

기차역까지 걸어서 15분입니다.

gi cha yeok kka ji geo reo seo si bo bu nim ni da

走路到火車站要15分鐘。

그렇게 가면 크고 흰 빌딩이 보일 겁니다.

geu reo ke ga myeon keu go hin bil ding i bo il
geom ni da

那樣走的話，就會看到很大棟的白色大樓。

相關補充

- 道路標誌

입구
ip kku
入口

출구
chul gu
出口

교차로
gyo cha ro
交叉路口

주차금지
ju cha geum ji
禁止停車

통행금지
tong haeng geum ji
禁止通行

교차로
gyo cha ro
交叉路口

횡단 보도
hoeng dan bo do
人行橫道

제한 속도
je han sok tto
速度限制

공사중
gong sa jung
施工中

일방 통행로
il bang tong haeng no
單行道

우측 통행
u cheuk tong haeng
靠右行駛

Part 04

일 상 생 활
日常生活

時間

韓文 시간

發音 si gan

034

情境會話

A : 지금 몇 시입니까?

ji geum myeot si im ni kka

現在幾點？

B : 오후 2시 반입니다.

o hu du si ba nim ni da

下午兩點半。

A : 수업은 몇 시에 시작할까요?

su eo beun myeot si e si ja kal kka yo

幾點開始上課？

B : 오후 3시에 시작합니다.

o hu se si e si ja kam ni da

下午三點開始上課。

關鍵文法

如果想問對方現在幾點，可以使用「지금 몇 시예요?」來詢問對方。如果要回答對方現在幾點，可以使用「지금 ~시 ~분이에요.」的句型。這裡要特別注意的地方是韓語的幾點鐘，是以純韓文數字來表示；韓語的分鐘，則是以漢字音數字來表示。

關鍵單字

지금 名 ji geum 現在
몇 冠 myeot 幾 / 多少
반 名 ban 半 / 一半
수업 名 su eop 上課 / 教課
시작하다 動 si ja ka da 開始

 相關例句

지금 몇 시예요?
ji geum myeot si ye yo
現在幾點了？

오전 10시입니다.
o jeon yeol si im ni da
上午10點。

오전 7시 40분입니다.
o jeon il gop ssi sa sip ppu nim ni da
上午七點四十分。

8시 반이 다 되 갑니다.
yeo deop ssi ba ni da doe gam ni da
快要八點半了。

지금은 밤 열두 시입니다.

ji geu meun bam yeol du si im ni da
現在晚上12點了。

3시 반 정도 된 것 같아요.
se si ban jeong do doen geot ga ta yo
好像已經三點半了。

지금은 십분 전 일곱 시입니다.
ji geu meun sip ppun jeon il gop si im ni da
現在7點差10分。

시계가 정확한가요?
si gye ga jeong hwa kan ga yo
你手錶時間正確嗎？

제 시계는 3분 정도 빠른 것 같아요.
je si gye neun sam bun jeong do ppa reun geot
ga ta yo
我手錶好像快了三分鐘左右。

제 시계는 5분 빨라요.
je si gye neun o bun ppal la yo
我手錶快了五分鐘。

제 시계는 10분 정도 늦는 것 같아요.

je si gye neun sip ppun jeong do neun neun geot
ga ta yo
我手錶好像慢了十分鐘左右。

제 시계는 하루 1분씩 늦습니다.
je si gye neun ha ru il bun ssik neut sseum ni da
我的手錶每天會慢一分鐘。

잠시 시간을 내주시겠습니까?
jam si si ga neul nae ju si get sseum ni kka
可以借我一點時間嗎？

시간이 없는데요.
si ga ni eom neun de yo
我沒有時間。

좀 더 시간이 필요합니다.
jom deo si ga ni pi ryo ham ni da
我還需要一點時間。

시간이 너무 많이 걸렸어요.
si ga ni neo mu ma ni geol lyeo sseo yo.
花了太多的時間。

이 공사는 약 2주간 걸립니다.

i gong sa neun yak i ju gan geol lim ni da

這個工程大約要花兩個星期。

10분만 기다려 주세요.

sip ppun man gi da ryeo ju se yo

只要等我十分鐘。

시간은 어느 정도 걸립니까?

si ga neun eo neu jeong do geol lim ni kka

要花費多久的時間？

보통 저녁 몇 시에 저녁식사를 드세요?

bo tong jeo nyeok myeot si e jeo nyeok ssik ssa
reul tteu se yo

你通常晚上幾點吃晚餐？

그는 3시간 안에 일을 다 끝냈어요.

geu neun se si gan a ne il eul tta kkeun nae sseo
yo

他在三個小時內，把工作做完了。

相 關 補 充

- 時間劃分

오늘

o neul
今天

어제
eo je
昨天

내일
nae il
明天

그제
geu je
前天

모레
mo re
後天

글피
geul pi
大後天

~ 시
si

時

~ 분
bun
分

~ 초
cho
秒

~ 시간
si gan
小時

새벽
sae byeok
清晨

아침
a chim
早上

오전
o jeon
上午

정오
jeong o
中午

오후
o hu
下午

저녁
jeo nyeok
傍晚

낮
nat
白天

밤
bam
晚上

日期

韓文 날짜
發音 nal jja

035

情境會話一

A : 오늘은 몇 월 며칠입니까?
o neu reun myeot wol myeo chi rim ni kka
今天幾月幾號？

B : 오늘은 6월 6일입니다.
o neu reun yu wol yu gi rim ni da
今天6月6號。

情境會話二

A : 올해 크리스마스는 토요일이죠?
ol hae keu ri seu ma seu neun to yo i ri jyo
今年聖誕節是星期六嗎？

B : 아니에요. 금요일이에요.
a ni e yo geu myo i ri e yo
不是，是星期五。

關鍵文法

如果要詢問他人今天幾月幾號，可以使用「오늘 몇
월 며칠이에요?」來詢問對方。如果要回答別人今
天幾月幾號時，可以使用「～월 ～일이에요.」來
回答對方。

關鍵單字

월 名 wol 月

며칠 名 myeo chil 幾天 / 幾日

일 名 il 日

올해 名 ol hae 今年

 相關例句

오늘은 며칠입니까?
o neu reun myeo chi rim ni kka
今天幾號？

오늘은 7월4일입니다.
o neu reun chi rwol sa i rim ni da
今天是7月4號。

우리는 언제 미국에 가요?
u ri neun eon je mi gu ge ga yo
我們什麼時候去美國？

우리는 4월 5일에 일본에 갈 거예요.
u ri neun sa wol o i re il bo ne gal kkeo ye yo
我們4月5號會去日本。

지금은 몇 월입니까?

ji geu meun myeot wo rim ni kka

現在幾月？

지금은 유월입니다.

ji geu meun yu wo rim ni da

現在是6月。

오늘은 12월 20일입니다.

o neu reun si bi wol i si bi rim ni da

今天是12月 20號。

오늘은 무슨 요일이에요?

o neu reun mu seun yo i ri e yo

今天是星期幾？

오늘이 목요일이에요? 금요일이에요?

o neu ri mo gyo i ri e yo geu myo i ri e yo

今天星期四還是星期五？

오늘은 월요일입니다.

o neu reun wo ryo i rim ni da

今天是星期一。

내일 수요일입니다.

nae il su yo i rim ni da

明天星期三。

오늘은 2012년 5월 5일 토요일이에요.
o neu reun i cheon si bi nyeon o wol o il to yo i ri
e yo
今天是2012年5月5日星期六。

저는 월요일부터 금요일까지 회사에 가야 합니다.
jeo neun wo ryo il bu teo geu myo il kka ji hoe sa
e ga ya ham ni da
我星期一到星期五要去公司上班。

일요일은 쉬는 날입니다.
i ryo i reun swi neun na rim ni da
星期日是休息日。

저는 이번 주 화요일에 김선생님을 만날 거예요.
jeo neun i beon ju hwa yo i re gim seon saeng ni
meul man nal kkeo ye yo
我這星期二會和金老師見面。

다음 주 일요일이 며칠인가요?
da eum ju i ryo i ri myeo chi rin ga yo
下星期日是幾號?

모레는 수요일입니다.

mo re neun su yo i rim ni da

後天是星期三。

어제는 몇 월 며칠이었어요?

eo je neun myeot wol myeo chi ri eo sseo yo

昨天是幾月幾號？

올해는 2012년입니다.

ol hae neun i cheon si bi nyeo nim ni da

今年是2012年。

생일은 언제입니까?

saeng i reun eon je im ni kka

生日是什麼時候？

相 關 補 充

- 月份

일월
i rwol
一月

이월
i wol

二月

삼월
sa mwol
三月

사월
sa wol
四月

오월
o wol
五月

유월
yu wol
六月

칠월
chi rwol
七月

팔월
pa rwol
八月

구월
gu wol
九月

시월
si wol
十月

십일월
si bi rwol
十一月

십이월
si bi wol
十二月

월요일
wo ryo il
星期一

화요일
hwa yo il
星期二

수요일

su yo il
星期三

목요일
mo gyo il
星期四

금요일
geu myo il
星期五

토요일
to yo il
星期六

일요일
i ryo il
星期日

學校

韓文 학교

發音 hak kkyo

 036

情境會話

A : 중간 고사 다 끝났어요?

jung gan go sa da kkeun na sseo yo

期中考都考玩了嗎?

B : 아니요. 영어만 남았어요.

a ni yo yeong eo man na ma sseo yo

還沒,還剩下英文。

A : 내일 영어 시험을 보나요?

nae il yeong eo si heo meul ppo na yo

明天要考英文嗎?

B : 아니요. 오늘 오후 3시에 영어 시험을

볼 거예요※.

a ni yo o neul o hu 3si e yeong eo si heo

meul ppol geo ye yo

不是,今天下午三點要考英文。

關鍵文法

韓語句子的未來式句型為※「(으)ㄹ 거예요」,加在動詞語幹後方,表示未來的計畫或個人意志。相當於中文的「將要... / 會... / 打算...」。當動詞語幹以母音結束或ㄹ結束,就接「ㄹ 거예요」,若動詞語幹以子音結束,則接「을 거예요」。

關鍵單字

중간 **名** jung gan 中間

고사 **名** go sa 考試 / 考查

끝나다 **動** kkeun na da 結束

남다 **動** nam da 剩下 / 留下

영어 **名** yeong eo 英文

 相關例句

집은 학교에서 멀어요?
ji beun hak kkyo e seo meo reo yo
你家離學校遠嗎？

몇 시부터 수업을 시작해요?
myeot si bu teo su eo beul ssi ja kae yo
幾點開始上課。

오늘 그 학생은 결석이에요.
o neul kkeu hak ssaeng eun gyeol seo gi e yo
今天那位學生缺席。

유학한 적이 있습니까?
yu ha kan jeo gi it sseum ni kka
曾經留學過嗎？

칠판에 쓰세요.

chil pa ne sseu se yo

請寫在黑板上。

책을 펴세요.

chae geul pyeo se yo

請翻開書本。

그는 제 학교 선배입니다.

geu neun je hak kkyo seon bae im ni da

他是我學校的前輩。

정치학을 전공하고 있습니다.

jeong chi ha geul jjeon gong ha go it sseum ni da

我主修政治系。

3개월만 있으면 졸업할 거예요.

sam gae wol man i sseu myeon jo reo pal kkeo
ye yo

再三個月就畢業了。

어느 대학교를 다니셨습니까?

eo neu dae hak kkyo reul tta ni syeot sseum ni
kka

你就讀什麼大學？

커닝하지 마세요.

keo ning ha ji ma se yo

請不要作弊。

집중하세요.

jip jjung ha se yo

請專心。

몇 학년이에요?

myeot hang nyeo ni e yo

你幾年級？

모르는 단어 있어요?

mo reu neun da neo i sseo yo

有不懂的單字嗎？

중국어를 한국어로 번역하세요.

jung gu geo reul han gu geo ro beo nyeo ka se
yo

請將中文翻譯成韓文。

부전공은 무엇입니까?

bu jeon gong eun mu eo sim ni kka

副修什麼？

자세히 설명해 주세요.

ja se hi seol myeong hae ju se yo

請您仔細說明。

수학 시험 결과가 나왔어요?

su hak si heom gyeol gwa ga na wa sseo yo

數學考試結果出來了嗎？

매일 8교시가 있습니다.

mae il pal kkyo si ga it sseum ni da.

我每天有八節課。

모르는 게 있으면 바로 물어보세요.

mo reu neun ge i sseu myeon ba ro mu reo bo se yo

如果有不懂的地方，請馬上發問。

앞을 보세요.

a peul ppo se yo

請看前面。

12학점을 수강하고 있어요.

si bi hak jjeo meul ssu gang ha go i sseo yo

我修12個學分。

조용히 하세요.
jo yong hi ha se yo
請安靜！

수강 신청 기간은 언제까지입니까?
su gang sin cheong gi ga neun eon je kka ji im ni kka
課程申請的時間到什麼時候？

교재는 어떻게 구입하나요?
gyo jae neun eo tteo ke gu i pa na yo
教材要怎麼買？

질문있는 사람, 질문 하세요.
jil mu nin neun sa ram jil mun ha se yo
有問題的人，請發問。

좋은 질문이에요!
jo eun jil mu ni e yo
你問得很好！

이 과목의 담당 교수님은 누구입니까?
i gwa mo gui dam dang gyo su ni meun nu gu im ni kka
這個科目的負責教授是誰？

장학금 신청은 어떻게 해야 합니까?

jang hak kkeum sin cheong eun eo tteo ke hae
ya ham ni kka

該怎麼申請獎學金呢？

여러분, 또 다른 질문이 있어요?

yeo reo bun tto da reun jil mu ni i sseo yo

各位同學，還有其他問題嗎？

시험에 합격했습니다.

si heo me hap kkyeo kaet sseum ni da

考試合格了。

왜 지각했어요?

wae ji ga kae sseo yo

你為什麼遲到？

답을 알면 손을 드세요.

da beul al myeon so neul tteu se yo

知道答案的人請舉手。

相 關 補 充

- 考試

시험을 보다

si heo meul ppo da
考試

합격하다
hap kkyeo ka da
合格

불합격하다
bul hap kkyeo ka da
不合格

면접시험
myeon jeop ssi heom
面試

필기시험
pil gi si heom
筆試

중간고사
jung gan go sa
期中考

기말고사
gi mal kko sa

期末考

성적
seong jeok
成績

수험표
su heom pyo
准考證

성적표
seong jeok pyo
成績單

문제지
mun je ji i
題目卷

답지
dap jji
答案卷

말하기
mal ha kki
口說

듣기
deut kki
聽力

읽기
il kki
閱讀

쓰기
sseu gi
寫作

어휘
eo hwi
語彙

문법
mun beop
文法

職場

韓文 직장
發音 jik jjang

037

情境會話一

A : 오늘 밤에 잔업을 할 수 있[※]겠습니까?

o neul ppa me ja neo beul hal ssu it kket

sseum ni kka

今天晚上你可以加班嗎?

B : 죄송합니다. 집에 중요한 일이 있어서

잔업을 할 수 없[※]습니다.

joe song ham ni da ji be jung yo han i ri i

sseo seo ja neo beul hal ssu eop sseum

ni da

對不起，因為家裡有重要的事情，我沒辦

法加班。

情境會話二

A : 회의는 언제입니까?

hoe ui neun eon je im ni kka

什麼時候開會?

B : 회의는 내일 오후 2시에 있습니다.

hoe ui neun nae il o hu du si e it sseum ni

da

明天下午兩點開會。

關鍵文法

※「~(으)ㄹ 수 있다/없다」接在動詞語幹後方，表示有無做某事的能力或可能性。當某人有能力或可以做某事時，就使用~(으)ㄹ 수 있다，相當於中文的「可以... / 會...」。當某人沒有能力或無法做某事時，就使用~(으)ㄹ 수 없다，相當於中文的「沒辦法... / 不會...」。當動詞語幹以母音或ㄹ結束時，就使用~ㄹ 수 있다/없다；當動詞語幹以子音結束時，就要使用~을 수 있다/없다。

關鍵單字

밤 名 bam 晚上

잔업 名 ja neop 加班

중요하다 形 jung yo ha da 重要

회의 名 hoe ui 會議

언제 代 eon je 什麼時候

 相關例句

당신은 어느 회사에서 근무하십니까?

dang si neun eo neu hoe sa e seo geun mu ha sim ni kka

你在哪家公司上班？

최 대리님, 잠깐 얘기 좀 할 수 있을까요?

choe dae ri nim jam kkan yae gi jom hal ssu i

sseul kka yo
崔代理，我們可以稍微談談嗎？

새로운 일은 어떻습니까?
sae reo un i reun eo tteo sseum ni kka
新的工作怎麼樣？

상담하고 싶은 게 있는데요.
sang dam ha go si peun ge in neun de yo
我有事情要和你商量。

동해 씨, 지금 바쁘세요?
dong hae ssi ji geum ba ppeu se yo
東海先生，你現在忙嗎？

저는 건축 회사에서 일합니다.
jeo neun geon chuk hoe sa e seo il ham ni da
我在建築公司上班。

영미씨, 지금 내 사무실로 올 수 있어요?
yeong mi ssi ji geum nae sa mu sil lo ol su i sseo
yo
英美小姐，你現在可以來我的辦公室嗎？

이 자료들을 복사해 줄 수 있으세요?

i ja ryo deu reul ppok ssa hae jul su i sseu se yo
可以幫我印這些資料嗎？

이 보고서를 사장님께 전해 줄 수 있습니까?
i bo go seo reul ssa jang nim kke jeon hae jul su it sseum ni kka
可以幫我把這份報告書交給社長嗎？

몇 시에 출근합니까?
eon je toe geun ham ni kka
幾點上班？

언제 퇴근합니까?
eon je toe geun ham ni kk
幾點下班？

은행에 좀 다녀와 줄 수 있겠어요?
eun haeng e jom da nyeo wa jul su it kke sseo
yo
可以幫我跑一趟銀行嗎？

회사에서 대우는 어떻습니까?
hoe sa e seo dae u neun eo tteo sseum ni kka
在公司的待遇怎麼樣？

언제까지 이 자류들이 필요합니까?

eon je kka ji i ja ryu deu ri pi ryo ham ni kka

你什麼時候需要這些文件？

죄송합니다, 제가 지금 몹시 바쁜데요.

joe song ham ni da je ga ji geum mop ssi ba
ppeun de yo

對不起，我現在很忙。

잔업은 자주 합니까?

ja neo beun ja ju ham ni kka

要常加班嗎？

부장님, 여기에 서명해 주시겠습니까?

bu jang nim yeo gi e seo myeong hae ju si get
sseum ni kka

部長，你可以在這裡簽名嗎？

수고하셨습니다.

su go ha syeot sseum ni da

您辛苦了。

용무에 필요한 용품은 어디에 있습니까?

yong mu e pi ryo han yong pu meun eo di e it
sseum ni kka

工作所需要用品放在哪裡？

월급은 얼마입니까?
wol geu beun eol ma im ni kka
月薪多少？

유급 휴가의 일수는 근무 년수에 따라 다릅니다.
yu geup hyu ga ui il su neun geun mu nyeon su
e tta ra da reum ni da
帶薪休假的日數，是依照工作年數的不同而有所
不同。

회의에 늦어서 죄송합니다.
hoe ui e neu jeo seo joe song ham ni da
開會遲到很抱歉。

오늘 몇 시까지 일합니까?
o neul myeot si kka ji il ham ni kka
今天你上班到幾點？

이제 발표를 시작할까요?
i je bal pyo reul ssi ja kal kka yo
我現在可以開始發表了嗎？

내가 시키는대로 하세요.

nae ga si ki neun dae ro ha se yo
請照我說的話去做。

바로 거래처에 전화해서 사과드려요.
ba ro geo rae cheo e jeon hwa hae seo sa gwa
deu ryeo yo
馬上打電話向客戶道歉。

신제품 개발 상황은 어떻습니까?
sin je pum gae bal ssang hwang eun eo tteo
sseum ni kka
新產品的開發狀況如何？

相 關 補 充

- 職稱

회장
hoe jang
董事長

경리
gyeong ni
經理

이사

i sa
理事 / 董事

사장
sa jang
社長

주임
ju im
主任

비서
bi seo
秘書

고문
go mun
顧問

직원
ji gwon
職員

과장
gwa jang

課長

부장
bu jang
部長

대리
dae ri
代理

조장
jo jang
組長

打電話

韓文 전화를 걸 때
發音 jeon hwa reul kkeol ttae

 038

情境會話

A : 여보세요? 누구를 찾으세요?
yeo bo se yo nu gu reul cha jeu se yo
喂，請問要找誰？

B : 이선생님 댁에 계세요?
i seon saeng nim dae ge gye se yo
請問李老師在家嗎？

A : 미안하지만 방금 나가셨어요. 메시지를
남겨 드릴※까요?
mi an ha ji man bang geum na ga syeo
sseo yo me si ji reul nam gyeo deu ril kka
yo
對不起，他剛才出門了，要幫您留言嗎？

B : 괜찮습니다. 제가 나중에 다시 전화
드리겠습니다.
gwaen chan sseum ni da je ga na jung e
da si jeon hwa deu ri get sseum ni da
沒關係，以後我再打電話。

關鍵文法

※「아/어/여 주다」表示請別人幫自己做事，或自
己幫他人做事。若要幫忙的對象比自己的身分地

235

位、年齡還高時，則要使用「아/어/여 드리다」來尊敬對方。相當於中文的「幫您...做...」。

關鍵單字

누구 代 nu gu 誰
댁 名 daek 家 / 府上
방금 副 bang geum 剛剛 / 剛才
메시지 名 me si ji 留言 / 信息
나중 名 na jung 以後 / 後來

 相關例句

김나영 씨 집입니까?
gim na yeong ssi ji bim ni kka
請問是金娜英的家嗎？

저는 이민호의 친구 김민준인데요.
jeo neun i min ho ui chin gu gim min ju nin de yo
我是李敏浩的朋友金民俊。

전데요. 누구십니까?
jeon de yo nu gu sim ni kka
就是我，請問哪位？

민영 씨 집에 있어요?

mi nyeong ssi ji be i sseo yo
敏英小姐在家嗎？

미안하지만 김부장님 좀 바꿔 주세요.
mi an ha ji man gim bu jang nim jom ba kkwo ju
se yo
不好意思，麻煩請金部長聽電話。

전 방금 전화한 사람인데요.
jeon bang geum jeon hwa han sa ra min de yo
我是剛才打電話的人。

지금 통화할 수 있어요?
ji geum tong hwa hal ssu i sseo yo
現在你可以講電話嗎？

준수 오빠한테 전화하려고 하는데 혹시 준수 오빠
전화번호를 알고 있어요?
jun su o ppa han te jeon hwa ha ryeo go ha neun
de hok ssi jun su o ppa jeon hwa beon ho reul al
kko i sseo yo
我想打電話給俊秀哥，你知道俊秀哥的電話號碼
嗎？

어디시죠?

eo di si jyo
您那裡是？

잠깐만 기다려 주세요.
jam kkan man gi da ryeo ju se yo
請你稍等一下。

지금 잠깐 외출중입니다만...
ji geum jam kkan oe chul jung im ni da man
他現在暫時外出...。

교수님은 아직 안 돌아오셨는데요.
gyo su ni meun a jik an do ra o syeon neun de
yo
教授還沒有回來。

몇 시쯤에 돌아오십니까?
myeot si jjeu me do ra o sim ni kka
他大概幾點會回來呢？

전화 끊을게요.
jeon hwa kkeu neul kke yo
我要掛電話了。

전화 기다릴게요.

jeon hwa gi da ril ge yo
我等你的電話。

또 전화할게요.
tto jeon hwa hal kke yo.
我再打電話給你。

그럼 안부 전해 주세요.
geu reom an bu jeon hae ju se yo
那你再幫我問候他。

죄송합니다. 잘못 걸었어요.
joe song ham ni da jal mot geo reo sseo yo
對不起，我打錯電話了。

말씀을 전해 주시겠어요?
mal sseu meul jjeon hae ju si ge sseo yo
要幫您轉達嗎？

이 선생님과 통화하고 싶은데요.
i seon saeng nim gwa tong hwa ha go si peun de yo
我想和李老師通電話。

제가 전화드리죠.
je ga jeon hwa deu ri jyo

我會打電話給你。

전화가 연결되었습니다.
jeon hwa ga yeon gyeol doe eot sseum ni da
您的電話已經接通了。

가끔 연락하며 삽시다.
ga kkeum yeol la ka myeo sap ssi da
我們保持聯絡。

도착하자마자 곧 전화할게요.
do cha ka ja ma ja got jeon hwa hal kke yo
我一到就打電話給你。

나중에 또 전화할게요.
na jung e tto jeon hwa hal kke yo
以後我再打電話給你。

전화 주셔서 감사합니다.
jeon hwa ju syeo seo gam sa ham ni da
謝謝您的來電。

미안하지만 지금 통화중입니다.
mi an ha ji man ji geum tong hwa jung im ni da
對不起，現在占線。

죄송하지만 국제전화는 어떻게 겁니까?

joe song ha ji man guk jje jeon hwa neun eo tteo

ke geom ni kka

請問國際長途電話怎麼打？

핸드폰 번호는 몇 번입니까?

haen deu pon beon ho neun myeot beo nim ni

kka

你的電話號碼是幾號？

끊지 말고 잠깐만 기다려 주십시오.

kkeun chi mal kko jam kkan man gi da ryeo ju sip

ssi o

不要掛斷電話，請稍等。

제가 전화를 한 통 썼으면 하는데요.

je ga jeon hwa reul han tong sseo sseu myeon

ha neun de yo

我想打一通電話。

전화를 안 받네요.

jeon hwa reul an ban ne yo

沒人接電話耶。

제 핸드폰을 쓰세요.

je haen deu po neul sseu se yo

你用我的手機打吧。

왜 나한테 전화하지 않았어?

wae na han te jeon hwa ha ji a na sseo

為什麼你沒打電話給我？

지금 좀 곤란한데 이따가 전화할게요.

ji geum jom gol lan han de i tta ga jeon hwa hal
kke yo

現在有點不方便，待會我打電話給你。

여보세요. 거기 은행인가요?

yeo bo se yo geo gi eun haeng in ga yo

喂，那裡是銀行嗎？

여보세요, 혹시 김유미님 맞죠?

yeo bo se yo hok ssi gi myu mi nim mat jjyo

喂，你是金由美小姐吧？

통화중이니까 제발 조용히 해 주세요.

tong hwa jung i ni kka je bal jjo yong hi hae ju se yo

我在講電話，拜託請安靜一點。

여기 오실 때 전화해 주세요.

yeo gi o sil ttae jeon hwa hae ju se yo
來這裡的時候，打電話給我。

相關補充

- 通話方式

국제전화
guk jje jeon hwa
國際長途電話

시내전화
si nae jeon hwa
市話

시외전화
si oe jeon hwa
長途電話

내선전화
nae seon jeon hwa
分機

공중전화
gong jung jeon hwa
公眾電話

무선전화

mu seon jeon hwa

無線電話

유선전화

yu seon jeon hwa

有線電話

콜렉트콜

kol lek teu kol

對方付費電話

무료 전화

mu ryo jeon hwa

免付費電話

수화기

su hwa gi

聽筒

송화기

song hwa gi

話筒

Part 05

쇼핑
購物

進入商店

韓文 가게에 들어갔을 때
發音 ga ge e deu reo ga sseul ttae

039

情境會話

A : 어서 오세요. 뭘 찾으세요?

eo seo o se yo mwol cha jeu se yo

歡迎光臨，在找什麼嗎？

B : 먼저 구경 좀 할게요.

meon jeo gu gyeong jom hal kke yo

我先看看。

A : 용건이 있으시면※ 말씀하세요.

yong geo ni i sseu si myeon mal sseum

ha se yo

有需要幫忙就跟我說。

B : 네.

ne

好的。

關鍵文法

※「(으)면」接在動詞、形容詞或이다後方，表示條件或假設，相當於中文的「如果...的話...」。當語幹以母音或ㄹ結束時，就接면；當語幹以子音結束時，就接으면。

關鍵單字

찾다　動　chat tta　找

먼저　副　meon jeo　先 / 首先

용건　名　yong geon　（要辦的）事情

말씀하다　動　mal sseum ha da　說（敬語）

 相關例句

뭘 찾으시는 것은 없으세요?
mwol cha jeu si neun geo seun eop sseu se yo
您有要找的嗎？

입어 보세요.
i beo bo se yo
你試穿看看。

그냥 구경하고 있어요.
geu nyang gu gyeong ha go i sseo yo
我看看而已。

이것 좀 봐도 돼요?
i geot jom bwa do dwae yo
我可以看看這個嗎？

저것 좀 보여 주세요.
jeo geot jom bo yeo ju se yo

請給我看那個。

감사합니다. 또 찾아 주세요.
gam sa ham ni da tto cha ja ju se yo
謝謝，歡迎再次光臨！

또 오세요.
tto o se yo
再來逛逛喔！

천천히 골라 주세요.
cheon cheon hi gol la ju se yo
請慢慢（盡情）挑選。

소개해 드릴 필요가 있으세요?
so gae hae deu ril pi ryo ga i sseu se yo
有需要為您做介紹嗎？

相關補充

- 賣場

백화점
bae kwa jeom
百貨公司

쇼핑몰
syo ping mol
購物中心

슈퍼마켓
syu peo ma ket
超級市場

편의점
pyeo nui jeom
便利商店

벼룩시장
byeo ruk ssi jang
跳蚤市場

노점
no jeom
攤販

尋找物品

韓文 물건을 찾을 때
發音 mul geo neul cha jeul ttae

040

情境會話

A : 손가방을 보고 싶[※]은데요.

son ga bang eul ppo go si peun de yo

我想看手提包。

B : 이건 어떻습니까?

i geon eo tteo sseum ni kka

這個怎麼樣？

A : 괜찮네요. 다른 색깔 없어요?

gwaen chan ne yo da reun saek kkal eop

sseo yo

不錯耶，有別的顏色嗎？

B : 죄송하지만 너무 잘 팔려서 지금 이

색깔만 남았어요.

joe song ha ji man neo mu jal pal lyeo seo

ji geum i saek kkal man na ma sseo yo

對不起，這個賣太好了，現在只剩下這個

顏色。

關鍵文法

※「~고 싶다」接在動詞語幹後方，表示談話者的
希望、願望，相當於中文的「想要...」。고 싶다
只能使用在主語是第一人稱 (나、저) 或第二人稱

(당신、너) 時，第三人稱 (그、그녀) 必須使用
「~고 싶어하다」。

關鍵單字

손가방 名 son ga bang 手提包
괜찮다 形 gwaen chan ta 不錯 / 可以
색깔 形 saek kkal 顏色
팔리다 動 pal li da 賣
만 副 man 只 / 僅僅

 相關例句

모자를 찾고 있습니다.
mo ja reul chat kko it sseum ni da
我在找帽子。

이 바지에는 어떤 구두가 어울릴까요?
i ba ji e neun eo tteon gu du ga eo ul lil kka yo
這件褲子適合哪種鞋子？

이것과 같은 것을 찾고 있는데요.
i geot kkwa ga teun geo seul chat kko in neun de
yo
我在找和這個一樣的東西。

샌들을 사고 싶은데 여기 있습니까?

saen deu reul ssa go si peun de yeo gi it sseum
ni kka

我想買涼鞋，這裡有嗎？

선생님께 드릴 선물로 무엇이 좋을까요?

seon saeng nim kke deu ril seon mul lo mu eo si
jo eul kka yo

送給老師的禮物，什麼好呢？

여기 선글라스를 팝니까?

yeo gi seon geul la seu reul pam ni kka

這裡有賣墨鏡嗎？

아버지에게 줄 선물로 뭐가 좋을까요?

a beo ji e ge jul seon mul lo mwo ga jo eul kka yo

送爸爸的禮物，買什麼好呢？

그건 마음에 안 들어요.

geu geon ma eu me an deu reo yo

那個我不喜歡。

비슷한 것이라도 없을까요?

bi seu tan geo si ra do eop sseul kka yo

沒有類似的嗎？

相關補充

- 各種店家

옷 가게
ot ga ge
服飾店

구두점
gu du jeom
皮鞋店

보석점
bo seok jjeom
珠寶店

시계점
si gye jeom
鐘錶店

안경집
an gyeong jip
眼鏡行

殺價

韓文 값을 흥정할 때

發音 gap sseul heung jeong hal ttae

 041

情境會話一

A : 너무 비싸요. 4만원에 주면 안 돼요※?

neo mu bi ssa yo sa ma nwo ne ju myeon

an dwae yo

太貴了，不能算我4萬韓元嗎？

B : 죄송합니다. 그 정도로 깎아드릴 수

없습니다.

joe song ham ni da geu jeong do ro kka

kka deu ril su eop sseum ni da

對不起，沒辦法便宜這麼多。

情境會話二

A : 손님, 마음에 드시면 싸게 드릴게요.

son nim ma eu me deu si myeon ssa ge

deu ril ge yo

客人，您喜歡的話，我算您便宜一點。

B : 정말요? 그럼 얼마에 주실 거예요?

jeong ma ryo geu reom eol ma e ju sil geo

ye yo

真的嗎？那你要算我多少錢？

關鍵文法

※「(으)면 안 되다」接在動詞、形容詞或이다後

面，由表假定條件的「(으)면」、有「許可」意涵的「되다」，以及表否定、禁止意義的「안」結合而成，表示「不可做某事」。

關鍵單字

비싸다 形 bi ssa da 昂貴

마음 名 ma eum 心 / 心腸

싸다 形 ssa da 便宜

얼마 代 eol ma 多少

 相關例句

깎아 주실 수 있어요?
kka kka ju sil su i sseo yo
可以算我便宜一點嗎？

비싸네요. 좀 싸게 해 주세요.
bi ssa ne yo jom ssa ge hae ju se yo
很貴呢！算便宜一點吧！

조금만 더 싸면 제가 사겠습니다.
jo geum man deo ssa myeon je ga sa get sseum
ni da
如果再便宜一點，我就買。

- 折扣

쿠폰
ku pon
禮卷

특가
teuk kka
特價

무료
mu ryo
免費

반값
ban gap
半價

20프로 할인
i sip peu ro ha rin
打八折

結帳

韓文 계산할 때
發音 gye san hal ttae

042

情境會話一

A：모두 10만원입니다. 결제는 카드로 하실
   겁니까? 현금으로 하실 겁니까?

mo du sim ma nwo nim ni da gyeol je
neun ka deu ro ha sil geom ni kka hyeon
geu meu ro ha sil geom ni kka

總共是10萬韓元，您要用信用卡付款，還
是用現金付款？

B：카드로 지불할게요.

ka deu ro ji bul hal kke yo

我要用信用卡付款。

情境會話二

A：손님, 사실 겁니까?

son nim sa sil geom ni kka

顧客，您要買嗎？

B：아니요. 다른 곳도※ 좀 보고 올게요.

a ni yo da reun got tto jom bo go ol ge yo

不，我先去別的地方看看再過來。

關鍵文法

※「도」可以加在主語或受詞名詞後面，表示「添
加」或「和文脈中可以把握的事物一樣」的意思，

257

相當於中文的「...也」。但如果도加在主格助詞或
受格助詞的後面，主格助詞「이/가」或受格助詞
「을/를」會被省略。

關鍵單字

모두 副 mo du 全部

결제 名 gyeol je 結清 / 付清

다르다 形 da reu da 其他 / 不同的

곳 名 got 地方 / 處所

相關例句

모두 얼마입니까?
mo du eol ma im ni kka
全部多少錢？

우리는 현금만 받습니다.
u ri neun hyeon geum man bat sseum ni da
我們只收現金。

생각 좀 해 보고 올게요.
saeng gak jom hae bo go ol ge yo
我考慮看看再過來。

이걸로 하겠습니다.

i geol lo ha get sseum ni da
我要買這個。

이거 하나 주세요.
i geo ha na ju se yo
我要買一個這個。

계산은 어디서 해요?
gye sa neun eo di seo hae yo
在哪裡結帳？

여행자 수표도 사용할 수 있어요?
yeo haeng ja su pyo do sa yong hal ssu i sseo yo
可以使用旅行支票嗎？

분할 지불은 안 됩니다.
bun hal jji bu reun an doem ni da
不可以分期付款。

따로따로 계산해 주세요.
tta ro tta ro gye san hae ju se yo
請幫我分開結帳。

相 關 補 充

지불하다
ji bul ha da
支付

현금
hyeon geum
現金

신용카드
si nyong ka deu
信用卡

포인트
po in teu
點數

분할 지불
bun hal jji bul
分期付款

영수증
yeong su jeung
收據

換貨與退貨

韓文 물건 교환이나 반품할 때

發音 mul geon gyo hwa ni na ban pum hal ttae 043

情境會話

A：이거 교환할 수 있어요?

i geo gyo hwan hal ssu i sseo yo

這個可以換貨嗎？

B：네, 교환할 수 있습니다. 사이즈가 안※
맞으세요?

ne gyo hwan hal ssu it sseum ni da. sa i
jeu ga an ma jeu se yo

可以換貨，是尺寸不合嗎？

A：네, 제가 입기엔※ 너무 작아요. 큰 걸로 바꿔
주세요.

ne je ga ip kki en neo mu ja ga yo keun
geol lo ba kkwo ju se yo

**是的，我穿起來太小件了，請幫我換成大
件的。**

B：알겠습니다. 잠시만 기다려 주세요.

al kket sseum ni da jam si man gi da ryeo
ju se yo

好的，請您稍等。

關鍵文法

※「기에는」表示評價的基準，通常使用在負面的

狀況下。在一般會話中，可以講「기엔」。

※「안」為副詞，加在動詞或形容詞的前方，使用在否定動作或狀態的句型中，相當於中文的「不...」。

關鍵單字

교환하다 **動** gyo hwan ha da 交換

사이즈 **名** sa i jeu 尺寸

입다 **動** ip tta 穿 (衣服)

작다 **形** jak tta 小

크다 **形** keu da 大

相關例句

사이즈가 너무 커서 한 치수 작은 걸로 바꿔 주세요.

sa i jeu ga neo mu keo seo han chi su ja geun geol lo ba kkwo ju se yo

尺寸太大了，請幫我換小一號的。

다른 사이즈로 바꿔도 될까요?

da reun sa i jeu ro ba kkwo do doel kka yo

我可以換成別尺寸嗎？

다른 것으로 바꿀 수 있어요?

da reun geo seu ro ba kkul su i sseo yo
可以換成別的嗎？

죄송합니다. 이 속옷은 교환해 드릴 수 없습니다.
joe song ham ni da i so go seun gyo hwan hae
deu ril su eop sseum ni da
對不起，這件內衣不可以換貨。

이거 반품도 가능해요?
i geo ban pum do ga neung hae yo
這個也可以退貨嗎？

품질이 좋지 않아서 교환해 주세요.
pum ji ri jo chi a na seo gyo hwan hae ju se yo
因為品質不佳，請給我更換。

선물용인데요, 사이즈가 안 맞으면 교환할 수 있
나요?
seon mu ryong in de yo sa i jeu ga an ma jeu
myeon gyo hwan hal ssu in na yo
這是要送人的，如果尺寸不合可以換嗎？

이 신발을 반품하고 싶은데요.
i sin ba reul ppan pum ha go si peun de yo
我想將這雙鞋退貨。

반품하시려면 영수증이 필요합니다.

ban pum ha si ryeo myeon yeong su jeung i pi ryo ham ni da

如果您要退貨，必須要有收據。

相關補充

- 賣場相關

영업

yeong eop

營業

폐점

pye jeom

打烊

쇼핑 카트

syo ping ka teu

購物車

금전 등록기

geum jeon deung nok kki

收銀機

Part 06

의사소통
溝通

與人搭話

韓文 말을 꺼낼 때
發音 ma reul kkeo nael ttae

應用例句

저, 저기요.
jeo jeo gi yo
喂！

여러분!
yeo reo bun
各位！

있잖아!
it jja na
就是... / 那個...。

지금 꼭 할 얘기가 있어요.
ji geum kkok hal yae gi ga i sseo yo
我現在有話一定要跟你說。

너에게 할 말이 있어.
neo e ge hal ma ri i sseo
我有話跟你說。

제 말을 들어보세요.
je ma reul tteu reo bo se yo
請聽我說。

솔직하게 말할게요.
sol jji ka ge mal hal kke yo
我老實跟你說。

그러니까 내 말은...
geu reo ni kka nae ma reun
我的意思是...。

실은...
si reun
其實...。

내 생각으로는...
nae saeng ga geu ro neun
我的想法是...。

비밀 한 가지 알려 주지.
bi mil han ga ji al lyeo ju ji
跟你講一個祕密。

反問

韓文 되물을 때
發音 doe mu reul ttae

045

應用例句

예?
ye
什麼？

네?
ne
什麼？

뭡니까?
mwom ni kka
什麼？

방금 뭐라고 했어요?
bang geum mwo ra go hae sseo yo
你剛才說什麼？

무슨 일이시죠?
mu seun i ri si jyo
什麼事呢？

이건 뭐지요?

i geon mwo ji yo

這是什麼？

무슨 의미입니까?

mu seun ui mi im ni kka

什麼意思？

그래서?

geu rae seo

所以呢？

당신은?

dang si neun

你呢？

어땠어요?

eo ttae sseo yo

怎麼樣了？

어떻게 생각해요?

eo tteo ke saeng ga kae yo

你覺得呢？

무슨 불만이라도 있는 거예요?

mu seun bul ma ni ra do in neun geo ye yo
你有什麼不滿嗎？

무슨 이야기를 하고 싶으세요?
mu seun i ya gi reul ha go si peu se yo
你想談什麼？

저한테 뭐 할 말 있으세요?
jeo han te mwo hal mal i sseu se yo
你有什麼話要跟我說嗎？

도대체 하고 싶은 말이 뭐예요?
do dae che ha go si peun ma ri mwo ye yo
你到底想說什麼？

왜요?
wae yo
為什麼？

어째서?
eo jjae seo?
為什麼？

왜 안 되는 거예요?
wae an doe neun geo ye yo

為什麼不行？

다시 한번 말해 주시겠어요?
da si han beon mal hae ju si ge sseo yo
你可以再說一次嗎？

뭐라고요?
mwo ra go yo
你說什麼？

이렇게 말하면 알겠어요?
i reo ke mal ha myeon al kke sseo yo
這樣子說，你瞭解了嗎？

이해하시겠어요?
i hae ha si ge sseo yo
懂了嗎？

맞습니까?
mat sseum ni kka
對嗎？

改變話題

韓文 화제를 바꿀 때
發音 hwa je reul ppa kkul ttae

 MP3 046

應用例句

그런데...
geu reon de
對了...。

원래 주제로 돌아갑시다.
wol lae ju je ro do ra gap ssi da
我們回到原來的話題吧。

이 얘기를 그만둡시다.
i yae gi reul kkeu man dup ssi da
這個話題就聊到這裡。

다음에 다시 얘기합시다.
da eu me da si yae gi hap ssi da
我們下次再聊吧。

詢問

韓文 물을 때
發音 mu reul ttae

 047

應用例句

그렇습니까?
geu reo sseum ni kka
是嗎？

정말이에요?
jeong ma ri e yo
真的嗎？

이건 누구 거예요?
i geon nu gu geo ye yo
這是誰的？

어느 거예요?
eo neu geo ye yo
哪一個？

뭐가 그렇게 좋아요?
mwo ga geu reo ke jo a yo
什麼事那麼高興？

지금 어디예요?
ji geum eo di ye yo
你現在在哪裡？

언제입니까?
eon je im ni kka
何時？

이유를 말씀해 주실 수는 없습니까?
i yu reul mal sseum hae ju sil su neun eop sse-
um ni kka
可以告訴我理由為何嗎？

마음에 들어요?
ma eu me deu reo yo
滿意嗎？

어쩌죠?
eo jjeo jyo
怎麼辦？

누구세요?
nu gu se yo
您是哪位？

어떻게 해요?
eo tteo ke hae yo
怎麼做呢？

아세요?
a se yo
您知道嗎？

모르십니까?
mo reu sim ni kka
您不知道嗎？

어디에 갔었어요?
eo di e ga sseo sseo yo
你去哪裡了？

질문 하나 있습니다.
jil mun ha na it sseum ni da
我有一個問題。

실례합니다. 말씀 좀 여쭙겠습니다.
sil lye ham ni da mal sseum jom yeo jjup kket
sseum ni da
不好意思，請問一下。

回答

韓文 대답할 때
發音 dae da pal ttae

 048

應用例句

네./예.
ne ye
是的 / 對。

맞아요.
ma ja yo
沒錯。

아니요.
a ni yo
不是。

틀려요.
teul lyeo yo
不對。

당연합니다.
dang yeon ham ni da
當然了。

정말입니다.
jeong ma rim ni da
真的。

그럴 수도 있어요.
geu reol su do i sseo yo
可能會那樣吧！

글쎄요.
geul sse yo
這個嘛...。

네, 물론입니다.
ne mul lo nim ni da
是的，當然可以。

아직 정하지 않았습니다.
a jik jeong ha ji a nat sseum ni da
還沒決定。

안 됩니다.
an doem ni da
不可以。

좋습니다.

jo sseum ni da
好。

네 마음대로 해.
ne ma eum dae ro hae
隨便你。

헛소리 하지 마세요.
heot sso ri ha ji ma se yo
別胡說。

생각 좀 해볼게요.
saeng gak jom hae bol ge yo
讓我想想。

더 이상 묻지 마세요.
deo i sang mut jji ma se yo
請不要再問了。

대답하고 싶지 않아요.
dae da pa go sip jji a na yo
我不想回答。

尋求協助

韓文 도움을 요청할 때
發音 do u meul yo cheong hal ttae

049

應用例句

제발 도와주세요.
je bal tto wa ju se yo
拜託幫幫我。

좀 도와 주시겠습니까?
jom do wa ju si get sseum ni kka
可以幫忙嗎?

좀 도와 줄래요?
jom do wa jul lae yo
可以幫我的忙嗎?

저는 도움이 필요합니다.
jeo neun do u mi pi ryo ham ni da
我需要幫助。

이 일 좀 도와 주실래요?
i il jom do wa ju sil lae yo
可以幫幫我這件事情嗎?

부탁드려도 되겠습니까?
bu tak tteu ryeo do doe get sseum ni kka
可以麻煩你嗎？

부탁할 일이 있어요.
bu ta kal i ri i sseo yo.
我有事情想麻煩你。

어떻게 도와 드릴까요?
eo tteo ke do wa deu ril kka yo
要怎麼幫您呢？

제가 도와 드릴 게 있나요?
je ga do wa deu ril ge in na yo
有什麼我可以幫忙的嗎？

도와주셔서 감사합니다.
do wa ju syeo seo gam sa ham ni da
謝謝你的幫助。

문제없습니다.
mun je eop sseum ni da
沒問題。

물론 됩니다.

mul lon doem ni da
當然可以。

큰 도움이 되었습니다.
keun do u mi doe eot sseum ni da
你幫了大忙。

정말 미안해요. 도와줄 수가 없어요.
jeong mal mi an hae yo do wa jul su ga eop
sseo yo
真對不起，我沒辦法幫助你。

무엇을 도와 드릴까요?
mu eo seul tto wa deu ril kka yo
要幫您什麼？

저를 좀 도와주시겠어요?
jeo reul jjom do wa ju si ge sseo yo
可以幫我嗎？

힘껏 해보겠어요.
him kkeot hae bo ge sseo yo
我會盡力的。

무슨 어려움이 있으면 얼마든지 알려주세요.

mu seun eo ryeo u mi i sseu myeon eol ma deun
ji al lyeo ju se yo

如果有什麼困難，儘管告訴我。

커피 한 잔 끓여 줄래요?

keo pi han jan kkeu ryeo jul lae yo

可以幫我泡杯咖啡嗎？

설거지하는 것 좀 도와 주시겠어요?

seol geo ji ha neun geot jom do wa ju si ge sseo
yo

可以幫我洗碗嗎？

차 좀 빌릴 수 있을까요?

cha jom bil lil su i sseul kka yo

車子可以借我嗎？

說服他人

韓文 설득할 때
發音 seol deu kal ttae
MP3 050

應用例句

당신 말은 설득력이 없어요.

dang sin ma reun seol deung nyeo gi eop sseo yo

你的話沒有說服力。

내가 너라면 그렇게 할 거야.

nae ga neo ra myeon geu reo ke hal kkeo ya

我是你的話，就會那麼做。

제 말을 잘 들으세요.

je ma reul jjal tteu reu se yo

請好好聽我說。

저를 믿으세요. 절대 실패하지 않을 겁니다.

jeo reul mi deu se yo jeol dae sil pae ha ji a
neul kkeom ni da

相信我，絕對不會失敗的。

다시 생각해 보십시오.

da si saeng ga kae bo sip ssi o

你再考慮看看吧。

產生誤會時

韓文 오해가 생겼을 때
發音 o hae ga saeng gyeo sseul ttae

 051

應用例句

그건 오해입니다.
geu geon o hae im ni da
那是誤會。

저를 오해하지 마세요.
jeo reul o hae ha ji ma se yo
請不要誤會我。

저에 대한 오해를 풀어 주세요.
jeo e dae han o hae reul pu reo ju se yo
請解開對我的誤解。

내 말을 오해했다면 어서 오해를 푸세요.
nae ma reul o hae haet tta myeon eo seo o hae
reul pu se yo
如果你誤會我的話，趕快解開吧。

藉口

韓文 핑계
發音 ping gye

應用例句

제가 착각했나 봐요.
je ga chak kka kaen na bwa yo
我可能搞錯了。

우연히 그렇게 됐어요.
u yeon hi geu reo ke dwae sseo yo
偶然間就變那樣了。

전 절대 그런 말을 한 적이 없어요.
jeon jeol dae geu reon ma reul han jeo gi eop
sseo yo
我絕對沒說過那種話。

변명하지 마세요.
byeon myeong ha ji ma se yo
不要找藉口。

시간이 없다는 건 핑계겠지요.
si ga ni eop tta neun geon ping gye get jji yo
說沒時間是藉口吧？

討論

韓文 토론
發音 to ron

 053

應用例句

첫번째 질문에 대해 토론해 봅시다.

cheot ppeon jjae jil mu ne dae hae to ron hae bop ssi da

一起討論第一個問題吧。

이렇게 하면 어떨까요?

i reo ke ha myeon eo tteol kka yo

這樣做如何？

제 생각도 당신과 똑같습니다.

je saeng gak tto dang sin gwa ttok kkat sseum ni da

我的想法和你一樣。

미영 씨 주장은 일리가 있어요.

mi yeong ssi ju jang eun il li ga i sseo yo

美英你的主張也很有道理。

당신이 생각하기에는 어때요?

dang si ni saeng ga ka gi e neun eo ttae yo

你覺得怎麼樣？

당신이 보기에 어때요?
jo eun ji a nin ji mal hae ppwa yo
你看來怎麼樣？

좋은지 아닌지 말해봐요.
jo eun ji a nin ji mal hae ppwa yo
你說好還是不好。

좋아요, 이렇게 합시다.
jo a yo i reo ke hap ssi da
好，就這麼做吧！

다들 정말 그렇게 생각해요?
da deul jjeong mal kkeu reo ke saeng ga kae yo
大家真的都那樣想嗎？

무슨 좋은 생각이 있어요?
mu seun jo eun saeng ga gi i sseo yo
有沒有什麼好主意？

서로 의견이 너무 다르군요.
seo ro ui gyeo ni neo mu da reu gu nyo
我們的意見太不一樣了。

贊成與反對

韓文 찬성과 반대
發音 chan seong gwa ban dae

應用例句

저도 동의해요.
jeo do dong ui hae yo
我也同意。

저도 이 제안에 동의합니다.
jeo do i je a ne dong ui ham ni da
我也贊同這個提案。

저는 동의할 수 없습니다.
jeo neun dong ui hal ssu eop sseum ni da
我不同意。

나도 그렇게 생각해요.
na do geu reo ke saeng ga kae yo
我也那麼覺得。

저는 찬성하지 않습니다.
jeo neun chan seong ha ji an sseum ni da
我不贊成。

그 의견에 반대합니다.

geu ui gyeo ne ban dae ham ni da

我反對那個意見。

그 제안에 찬성합니다.

geu je a ne chan seong ham ni da

我贊成那個提案。

그 방법을 지지합니다.

geu bang beo beul jji ji ham ni da

我支持那個方法。

나쁜 생각이 아니네요.

na ppeun saeng ga gi a ni ne yo

這主意不錯。

왜 반대 합니까?

wae ban dae ham ni kka

為什麼反對呢？

이 제안은 좋은 것 같아요.

i je a neun jo eun geot ga ta yo

這個提案好像不錯。

忠告與提案

韓文 충고와 제안
發音 chung go wa je an

055

應用例句

영화를 보러 가는데 같이 가시는게 어떻겠습니까?

yeong hwa reul ppo reo ga neun de ga chi ga si neun ge eo tteo ket sseum ni kka

我要去看電影，我們一起去，怎麼樣？

함께 가지 않을래요?

ham kke ga ji a neul lae yo

要不要一起去？

내게 좋은 생각이 있어요.

nae ge jo eun saeng ga gi i sseo yo

我有好主意。

고맙습니다. 그렇게 해 주세요.

go map sseum ni da geu reo ke hae ju se yo

謝謝，那就請你那樣做吧。

주의하는 것이 좋겠어요.

ju ui ha neun geo si jo ke sseo yo

你還是注意一點。

좀더 노력해야 해요.
jom deo no ryeo kae ya hae yo
要再努力一點才行。

신중하게 행동하세요.
sin jung ha ge haeng dong ha se yo
請謹慎行動。

이건 당신 일이 아니에요. 참견할 필요 없어요.
i geon dang sin i ri a ni e yo cham gyeon hal pi
ryo eop sseo yo
這不關你的事，你不需要干預。

네가 이렇게 하는 건 잘못이야.
ne ga i reo ke ha neun geon jal mo si ya
你這樣做是不對的。

강요하지 마세요.
gang yo ha ji ma se yo
不要強迫我。

徵求許可

韓文 허락을 요청할 때

發音 heo ra geul yo cheong hal ttae

056

應用例句

창문을 열어도 될까요?

chang mu neul yeo reo do doel kka yo

我可以開窗戶嗎？

괜찮으시면 전화 번호 좀 알려 주시겠어요?

gwaen cha neu si myeon jeon hwa beon ho jom al lyeo ju si ge sseo yo

你願意的話，可以告訴我你的電話號碼嗎？

짐을 좀 보관해 주실래요?

ji meul jjom bo gwan hae ju sil lae yo

你可以幫我保管行李嗎？

여기에 앉아도 됩니까?

yeo gi e an ja do doem ni kka

我可以坐在這裡嗎？

담배를 피워도 될까요?

dam bae reul pi wo do doel kka yo

我可以抽菸嗎？

사진을 찍어도 괜찮겠습니까?

sa ji neul jji geo do gwaen chan ket sseum ni kka

我可以照相嗎?

지금 가셔도 괜찮습니다.

ji geum ga syeo do gwaen chan sseum ni da

你現在可以離開。

걱정하지 않아도 괜찮습니다.

geok jjeong ha ji a na do gwaen chan sseum ni da

你不用擔心。

이 노트를 읽어도 돼요?

i no teu reul il geo do dwae yo

我可以看這本筆記本嗎?

방 안에 들어가도 괜찮아요?

bang a ne deu reo ga do gwaen cha na yo

我可以進入房間嗎?

Part 07

감정표현
感情表現

高興

韓文 기쁠 때
發音 gi ppeul ttae

 057

應用例句

기쁩니다.
gi ppeum ni da
我很高興。

만세!
man.se
萬歲！

정말 즐거워요.
jeong mal jjeul kkeo wo yo
真高興。

신나요.
sin na yo
興奮。

정말 즐거워요.
jeong mal jjeul kkeo wo yo
真的很開心。

와, 짱이다.

wa jjang i da

哇，太棒了！

무슨 일로 그렇게 기뻐요?

mu seun il lo geu reo ke gi ppeo yo

什麼事那麼高興？

덕분에 아주 즐거웠습니다.

deok ppu ne a ju jeul kkeo wot sseum ni da

託你的福，我很開心。

재미있네요.

jae mi in ne yo

很好玩呢！

무슨 좋은 일이 있어요?

mu seun jo eun i ri i sseo yo

你有什麼好事嗎？

이런 좋은 소식을 들으니 참 기뻐요.

i reon jo eun so si geul tteu reu ni cham gi ppeo yo

聽到這種好消息，真高興。

저도 기쁩니다.

jeo do gi ppeum ni da

我也很高興。

웃긴다! 웃겨!

ut kkin da ut kkyeo

真好笑！

정말 기분이 좋네요.

jeong mal kki bu ni jon ne yo

心情真好！

이건 꿈이 아니죠?

i geon kku mi a ni jyo

這不是做夢吧？

너무 기뻐서 말이 안 나와요.

neo mu gi ppeo seo ma ri an na wa yo

高興到連話都說不出來。

그거 반가운 소식이군요.

geu geo ban ga un so si gi gun nyo

真是個令人高興的消息。

가족들도 틀림없이 기뻐하실 거예요.

ga jok tteul tto teul li meop ssi gi ppeo ha sil
geo ye yo
你的家人也一定會很高興。

전 몹시 기쁩니다.
jeon mop ssi gi ppeum ni da
我很高興。

오늘은 운이 좋은데요!
o neu reun u ni jo eun de yo
今天運氣很好！

나는 너무 행복해요.
na neun neo mu haeng bo kae yo
我好幸福啊！

기분이 날아갈 것 같아요.
gi bu ni na ra gal kkeot ga ta yo
我開心得不得了。

뭐가 그리 기쁘세요?
mwo ga geu ri gi ppeu se yo
什麼事那麼高興？

難過

韓文 슬플 때
發音 seul peul ttae

 058

應用例句

나는 마음이 아파요.
na neun ma eu mi a pa yo
我心好痛。

저는 비참해요.
jeo neun bi cham hae yo
我好悲慘。

그 사람을 생각하면 아직도 가슴이 아파요.
geu sa ra meul ssaeng ga ka myeon a jik tto ga
seu mi a pa yo
一想到他，現在還會難過。

너무 괴로워요.
neo mu goe ro wo yo
我很痛苦。

나는 울고 싶어요.
na neun ul go si peo yo
我想哭。

너무 슬퍼요!
neo mu seul peo yo
很難過。

가슴이 찢어질 것 같아요.
ga seu mi jji jeo jil geot ga ta yo
心好像被撕裂一樣。

요즘 자꾸 눈물이 나요.
yo jeum ja kku nun mu ri na yo
最近經常掉眼淚。

더 이상 희망은 없어요.
deo i sang hi mang eun eop sseo yo
再也沒希望了。

기운 좀 내세요.
gi un jom nae se yo
打起精神來。

지금 울고 싶은 기분이에요.
ji geum ul go si peun gi bu ni e yo
現在很想哭。

너무 슬퍼서 눈물이 멈추지 않아요.

neo mu seul peo sseo nun mu ri meom chu ji a
na yo

太傷心了，淚流不止。

슬퍼하지 마세요.
seul peo ha ji ma se yo
不要傷心了。

정말 슬픈 일이군요!
jeong mal sseul peun i ri gu nyo
真是件難過的事情。

비 오는 날은 왠지 기분이 우울해요.
bi o neun na reun waen ji gi bu ni u ul hae yo
不知道為什麼下雨天總是感到很憂鬱。

웃을 때가 아니에요.
u seul ttae ga a ni e yo
現在不是笑的時候。

生氣

譯文 화날 때
發音 hwa nal ttae

應用例句

정말 열 받아요!

jeong mal yeol ba da yo

真是氣死人。

더 이상 너를 용서할 수가 없어.

deo i sang neo reul yong seo hal ssu ga eop
sseo

我再也沒辦法原諒你。

생각할수록 화가 나요.

saeng ga kal ssu rok hwa ga na yo

越想越氣。

왜 화가 나요?

wae hwa ga na yo

為什麼生氣呢?

화내지 마세요.

hwa nae ji ma se yo

別生氣。

날 건드리지 마.

nal kkeon deu ri ji ma

別惹我。

아직도 화나 있어요?

a jik tto hwa na i sseo yo?

你還在生氣嗎？

나를 화나게 하지 마.

na reul hwa na ge ha ji ma

別惹我生氣！

이젠 못 참겠어!

i jen mot cham ge sseo

再也受不了了！

듣고 싶지 않아.

deut kko sip jji a na

我不想聽。

몰라서 물어?

mol la seo mu reo

你是不知道才問的嗎？

나를 만만하게 보지 마.

na reul man man ha ge bo ji ma
別以為我好欺負。

기가 막혀 말이 안 나오네.
gi ga ma kyeo ma ri an na o ne
我氣到都說不出話來了。

왜 그런 짓을 했어요?
wae geu reon ji seul hae sseo yo
你為什麼要做那種事？

도대체 무슨 생각을 하고 있는 거야!
do dae che mu seun saeng ga geul ha go in
neun geo ya
你到底在想什麼？

너, 죽을래?
neo ju geul lae
你找死啊？

넌 일부러 그런 거죠?
neon il bu reo geu reon geo jyo
你是故意那樣的吧？

꺼져!

kkeo jeo
給我滾！

너 시치미 떼지마.
neo si chi mi tte ji ma
你別裝蒜！

그따위로 나한테 말하지 마!
geu tta wi ro na han te mal ha jji ma
那種事不用跟我說！

난 네가 꼴보기 싫어!
nan ne ga kkol bo gi si reo
我不想看到你的臉！

날 내버려둬.
nal nae beo ryeo dwo
別管我！

지금이 몇 시인지 알기나 해?
ji geu mi myeot si in ji al kki na hae
你知道現在幾點了嗎？

爭吵

韓文 다툴 때
發音 da tul ttae

 060

應用例句

넌 이제 죽었어.

neon i je ju geo sseo

你死定了。

너한테 따질 게 있어.

neo han te tta jil ge i sseo

我有事情要問你。

꼭 돈만의 문제는 아니에요.

kkok don ma nui mun je neun a ni e yo

這不只是錢的問題而已。

입장을 바꿔서 생각해 봐요.

ip jjang eul ppa kkwo seo saeng ga kae bwa yo

你換個立場想想吧。

나를 믿을 수 없다는 얘기야?

na reul mi deul ssu eop tta neun yae gi ya

你是說無法相信我嗎?

너 미쳤니?

neo mi cheon ni

你瘋了嗎？

어떻게 된 일인지 설명해 주십시오.

eo tteo ke doen i rin ji seol myeong hae ju sip ssi o

請你說明事情怎麼會變成這樣。

내 말이 틀림없죠?

nae ma ri teul li meop jjyo

我沒說錯吧？

그러면 어쩔래요?

geu reo myeon eo jjeol lae yo

那又怎麼樣？

어떻게 그런 말을 할 수 있죠?

eo tteo ke geu reon ma reul hal ssu it jjyo

你怎麼可以說那種話呢？

너랑 상관없는 일이야.

neo rang sang gwa neom neun i ri ya

這事情與你無關。

이런 짓을 하고도 괜찮다고 생각하는 거예요?

i reon ji seul ha go do gwaen chan ta go saeng
ga ka neun geo ye yo
你覺得做這種事情也無所謂嗎？

내가 이렇게 하고 싶어서 하는 것 같아?
nae ga i reo ke ha go si peo seo ha neun geot
ga ta
你以為我想這樣啊？

이미 얘기했잖아요.
i mi yae gi haet jja na yo
我已經跟你說過了。

무례한 사람이군요!
mu rye han sa ra mi gu nyo
真是個無禮的人。

그런 생각을 하는 것은 너야!
geu reon saeng ga geul ha neun geo seun neo ya
有這種想法的人是你！

내가 그렇게 어리석은 줄 알아요?
nae ga geu reo ke eo ri seo geun jul a ra yo
你以為我那麼愚蠢？

바보짓 그만해.

ba bo jit geu man hae

別再做蠢事。

시시콜콜 따지지 말아요.

si si kol kol tta ji ji ma ra yo

你別這樣斤斤計較.

알아서 하세요.

a ra seo ha se yo

你自己看著辦吧。

그게 어때서요?

geu ge eo ttae seo yo

那又怎麼了？

그건 네 문제잖아.

geu geon ne mun je ja na

那是你的問題。

당신은 그런 말을 할 입장이 아니에요.

dang si neun geu reon ma reul hal ip jjang i a ni e yo

你沒有說這種話的立場。

그런 눈으로 날 보지 마.

geu reon nu neu ro nal ppo ji ma

別用那種眼神看我！

사람을 뭘로 보는 겁니까?

sa ra meul mwol lo bo neun geom ni kka

你把我當成什麼了？

너따위는 아무것도 아니야.

neo tta wi neun a mu geot tto a ni ya

你什麼也不是。

큰소리 지른다고 일이 해결되는 게 아니에요.

keun so ri ji reun da go i ri hae gyeol doe neun

ge a ni e yo

不是用吼的事情就會解決。

나 질렸어.

na jil lyeo sseo

我受夠了。

내 탓이 아니야.

nae ta si a ni ya

那不是我的錯。

失望

韓文 실망스러울 때
發音 sil mang seu reo ul ttae

 061

應用例句

아쉬워요!
a swi wo yo
很可惜！

유감스러워요!
yu gam seu reo wo yo
很遺憾！

나 정말 실망했어!
na jeong mal ssil mang hae sseo
我真失望！

실망이에요.
sil mang i e yo
我很失望。

진짜 실망했어요!
jin jja sil mang hae sseo yo
非常失望！

너무 안 됐다!

neo mu an dwaet tta

太可惜了！

나 정말 너에게 실망했어.

na jeong mal neo e ge sil mang hae sseo

你真的讓我很失望。

또 다시 실망했어요.

tto da si sil mang hae sseo yo

又一次失望了。

너무 실망스럽다.

neo mu sil mang seu reop tta

很失望！

그래도 없는 거보다는 낫죠.

geu rae do eom neun geo bo da neun nat jjyo

那也比沒有還好。

그렇게 열심히 했는데 좋은 점수를 받지 못해서 정말 실망이에요.

geu reo ke yeol sim hi haen neun de jo eun jeom su reul bat jji mo tae seo jeong mal ssil mang i e yo

我那麼認真還沒拿到好成績，真是失望。

너무 실망하지 마세요. 또 좋은 기회가 올 거예요.
neo mu sil mang ha ji ma se yo tto jo eun gi hoe
ga ol geo ye yo
不要太失望了，還會再有好機會的。

이제 포기할 수 밖에 없습니다.
i je po gi hal ssu ba kke eop sseum ni da
現在只能放棄了。

그가 안 와서 유감이에요.
geu ga an wa seo yu ga mi e yo
很遺憾他沒來。

같이 가지 못해서 아쉬워요.
ga chi ga ji mo tae seo a swi wo yo
真遺憾不能跟你一起去。

운이 좋지 않아요!
u ni jo chi a na yo
運氣不好！

後悔

韓文 후회할 때
發音 hu hoe hal ttae

 062

應用例句

너 후회하게 될 거야.

neo hu hoe ha ge doel geo ya

你會後悔的。

나는 그녀와 결혼한 것을 후회해요.

na neun geu nyeo wa gyeol hon han geo seul
hu hoe hae yo

我後悔和她結婚。

내가 좀 더 신중했어야 했는데.

nae ga jom deo sin jung hae sseo ya haen
neun de

我應該更慎重一點才是...。

이젠 너무 늦었어요.

i jen neo mu neu jeo sseo yo

現在已經太晚了。

그렇게 힘든 줄 몰랐어요.

geu reo ke him deun jul mol la sseo yo

沒想到會這麼辛苦。

난 후회하지 않아요.

nan hu hoe ha ji a na yo

我不後悔。

살면서 가장 후회했던 일이 뭘까요?

sal myeon sseo ga jang hu hoe haet tteon i ri

mwol kka yo

你做過最後悔的事情是什麼？

지금 열심히 하지 않으면 나중에 후회하게 될 겁
니다.

ji geum yeol sim hi ha ji a neu myeon na jung e

hu hoe ha ge doel geom ni da

現在不努力的話，以後一定會後悔的。

이 선택을 한 것을 후회한 적은 없어요.

i seon tae geul han geo seul hu hoe han jeo

geun eop sseo yo

我從來沒後悔過做這個決定。

후회한들 무슨 소용이 있어요?

hu hoe han deul mu seun so yong i i sseo yo

後悔又有什麼用啊？

驚訝

韓文 놀랐을 때
發音 nol la sseul ttae

應用例句

설마!
seol ma
難道...！ / 怎麼會...！

뭐요! 뭐라고요?
mwo yo mwo ra go yo
什麼！你說什麼？

그럴 수가!
geu reol su ga
怎麼會！

아이, 깜짝이야!
a i kkam jja gi ya
啊～嚇我一跳！

이건 사실이 아니지요!
i geon sa si ri a ni ji yo
這不是真的吧！

어머나! 정말이에요?

eo meo na jeong ma ri e yo

天哪！真的嗎？

믿기지 않아요.

mit kki ji a na yo

不敢相信！

놀랐잖아!

nol lat jja na

嚇到我了啦！

정말 놀랍네요!

jeong mal nol lam ne yo

真的很驚訝！

불가능해요!

bul ga neung hae yo

不可能！

농담하지 마세요!

nong dam ha ji ma se yo

別開玩笑！

이건 도대체 무슨 일이에요?

i geon do dae che mu seun i ri e yo
這到底是怎麼回事？

저는 정말 놀랐어요.
jeo neun jeong mal nol la sseo yo
我感到非常驚訝。

농담이지?
nong da mi ji
你開玩笑的吧？

그건 처음 듣는 소리예요.
geu geon cheo eum deun neun so ri ye yo
我第一次聽說。

그 소식을 듣고 얼마나 놀랐는지 몰라요.
geu so si geul tteut kko eol ma na nol lan neun
ji mol la yo
聽了那個消息後，不知道有多驚訝！

이건 진짜 못 믿겠어요!
i geon jin jja mot mit kke sseo yo
這簡直難以置信！

이 일을 믿기가 정말 어려워요.

i i reul mit kki ga jeong mal eo ryeo wo yo
很難相信這件事。

깜짝 놀랐어요.
kkam jjak nol la sseo yo
嚇我一跳！

정말 뜻밖이에요.
jeong mal tteut ppa kki e yo.
太意外了。

어! 이거 왜 이래요?
eo i geo wae i rae yo
啊！這是怎麼回事？

그가 결혼식에 오지 않는 것을 예상하지도 못했어요.
geu ga gyeol hon si ge o ji an neun geo seul ye sang ha ji do mo tae sseo yo
他沒參加婚禮我感到很意外。

害怕

韓文　두려울 때
發音　du ryeo ul ttae

064

應用例句

위험한 건 무서워요.
wi heom han geon mu seo wo yo
我害怕危險。

아이 낳는게 무서워요.
a i nan neun ge mu seo wo yo
我害怕生小孩。

죽는 게 무서워요.
jung neun ge mu seo wo yo
害怕死亡。

저는 비행기 타는 게 무서워요.
jeo neun bi haeng gi ta neun ge mu seo wo yo
我怕坐飛機。

새 학기 친구 사귀기가 두려워요.
sae hak kki chin gu sa gwi gi ga du ryeo wo yo
我很害怕在新學期交朋友。

저는 너무 무서워요.

jeo neun neo mu mu seo wo yo

我很害怕。

우울증 걸릴까봐 두려워요.

u ul jeung geol lil kka bwa du ryeo wo yo

我怕得憂鬱症。

저는 어릴적부터 벌레를 너무 많이 무서워합니다.

jeo neun eo ril jeok ppu teo beol le reul neo mu ma ni mu seo wo ham ni da

我從小時候就害怕蟲子。

실수할까봐 걱정돼요.

sil su hal kka bwa geok jjeong dwae yo

我怕出錯。

교수님이 너무 무서워요

gyo su ni mi neo mu mu seo wo yo

教授很恐怖。

무서워하지 마세요!

mu seo wo ha ji ma se yo

不要害怕！

不滿

韓文 불만을 나타낼 때
發音 bul ma neul na ta nal ttae

 065

應用例句

뭐 불만 있어요?
mwo bul man i sseo yo
你有什麼不滿嗎？

제 시간을 낭비하지 마세요!
je si ga neul nang bi ha ji ma se yo
別浪費我的時間！

나 일하는 중이니까 그만 떠들어요.
na il ha neun jung i ni kka geu man tteo deu reo
yo
我在工作，別再吵了。

정말 짜증나요.
jeong mal jja jeung na yo
真煩人。

불공평해요.
bul gong pyeong hae yo
不公平。

이봐, 거기 좀 조용히 해!

i bwa geo gi jom jo yong hi hae

喂，那裡安靜一點！

왜 이제야 왔어요?

wae i je ya wa sseo yo

你怎麼現在才來？

일찍 말하지 그랬어요?

il jjik mal ha ji geu rae sseo yo

你怎麼不早說啊？

왜 자꾸 저를 괴롭히세요?

wae ja kku jeo reul kkoe ro pi se yo

你為什麼老欺負我？

왜 저만 시켜요?

wae jeo man si kyeo yo

為什麼只叫我一個人做？

어떻게 한 입으로 두 말을 해요?

eo tteo ke han i beu ro du ma reul hae yo

你怎麼出爾反爾？

왜 저한테 화내고 그래요?

wae jeo han te hwa nae go geu rae yo
你幹嘛對我生氣？

너 많이 늦었네요.
neo ma ni neu jeon ne yo
你遲到很久耶！

말 조심해요!
mal jjo sim hae yo
你說話注意一點啊！

불쾌해요.
bul kwae hae yo
不愉快。

싫어 죽겠어.
si reo juk kke sseo
討厭死了。

다른 것을 얘기하면 안돼요?
da reun geo seul yae gi ha myeon an dwae yo
不能說點別的嗎？

사과해야 할 거 아니야?
sa gwa hae ya hal kkeo a ni ya

你不是該道個歉嗎？

이게 무슨 소리예요.
i ge mu seun so ri ye yo
你說這是什麼話！

나 바람 맞았어요.
na ba ram ma ja sseo yo
我被放鴿子了。

너 진짜 이럴래?
neo jin jja i reol lae
你真的要這樣嗎？

나 너한테 불만이 있어.
na neo han te bul ma ni i sseo
我對你感到不滿。

이 일을 하는 건 정말 싫어요.
i i reul ha neun geon jeong mal ssi reo yo
真的很討厭做這件事。

약속을 좀 지켜야죠.
yak sso geul jjom ji kyeo ya jyo
你該遵守約定。

왜 미리 얘기 안 했어요?
wae mi ri yae gi an hae sseo yo
你怎麼不早說?

이건 너무 싫어요.
i geon neo mu si reo yo
這真讓我討厭。

왜 꼬치꼬치 캐물어요?
wae kko chi kko chi kae mu reo yo
你幹嘛一直問?

알면서 왜 물어봐요?
al myeon sseo wae mu reo bwa yo
你怎麼明知故問?

擔心

釋文 걱정할 때
發音 geok jjeong hal ttae

066

應用例句

어떡하죠?
eo tteo ka jyo?
怎麼辦？

걱정하지 마세요. 안심해도 돼요.
geok jjeong ha ji ma se yo an sim hae do dwae yo
別擔心，放心吧！

걱정할 거 없어요.
geok jjeong hal kkeo eop sseo yo
不需要擔心。

고민이 있어요.
go mi ni i sseo yo
我有煩惱。

고민이 있는데 얘기 좀 들어 줄래요?
go mi ni in neun de yae gi jom deu reo jul lae yo
我有個煩惱，你願意聽我說嗎？

어떻게 하면 좋을지 모르겠어요.
eo tteo ke ha myeon jo eul jji mo reu ge sseo yo
我不知道該怎麼做才好。

그런 일로 고민할 필요가 없어요.
geu reon il lo go min hal pi ryo ga eop sseo yo
不需要為那種事情煩惱。

걱정할 게 뭐가 있어요?
geok jjeong hal kke mwo ga i sseo yo
有什麼好擔心的？

해야 할지 말아야 할지 망설이고 있어요.
hae ya hal jji ma ra ya hal jji mang seo ri go i
sseo yo
我在猶豫要不要做。

걱정해 줘서 고마워요.
geok jjeong hae jwo seo go ma wo yo
謝謝你為我擔心。

그가 아직 안 와서 걱정이 돼요.
geu ga a jik an wa seo geok jjeong i dwae yo
他還沒來我很擔心。

걱정을 끼쳐서 죄송합니다.

geok jjeong eul kki cheo seo joe song ham ni da

讓你擔心了，對不起。

걱정하지 마세요. 그건 그렇게 걱정할 일이 아니에요.

geok jjeong ha ji ma se yo geu geon geu reo ke geok jjeong hal i ri a ni e yo

別擔心，那不是什麼需要擔心的事情。

무슨 일로 걱정하세요?

mu seun il lo geok jjeong ha se yo

你為了什麼事情在擔心呢？

걱정되는 일이라도 있으세요?

geok jjeong doe neun i ri ra do i sseu se yo

你有什麼憂心的事嗎？

꼭 좋아질 거예요.

kkok jo a jil geo ye yo

一定會好起來的。

緊張

韓文 긴장할 때
發音 gin jang hal ttae

應用例句

떨려요.
tteol lyeo yo
我在發抖。

긴장돼서 잠이 안 와요.
gin jang dwae seo ja mi an wa yo
緊張到睡不著覺。

긴장돼서 죽겠네요.
gin jang dwae seo juk kken ne yo
緊張死了。

면접때문에 긴장이 돼요.
myeon jeop ttae mu ne gin jang i dwae yo
要面試的關係，我很緊張。

저 너무 긴장했나봐요.
jeo neo mu gin jang haen na bwa yo
我好像太緊張了。

너무 긴장해서 식은 땀이 나요.

neo mu gin jang hae seo si geun tta mi na yo

緊張到冒冷汗。

너무 긴장하지 마세요.

neo mu gin jang ha ji ma se yo.

不要太緊張。

어떤 음식을 먹으면 긴장감이 좀 풀릴까요?

eo tteon eum si geul meo geu myeon gin jang ga mi jom pul lil kka yo

吃什麼食物可以消除緊張呢?

심호흡을 하는 것은 긴장을 푸는 방법입니다.

sim ho heu beul ha neun geo seun gin jang eul pu neun bang beo bim ni da

深呼吸是消除緊張的方法。

긴장을 풀어줄 수 있는 방법은 없을까요?

gin jang eul pu reo jul su in neun bang beo beun eop sseul kka yo

有沒有可以消除緊張的方法?

鼓勵

釋文 격려할 때
發音 gyeong nyeo hal ttae

068

應用例句

힘 내세요!
him nae se yo
振作起來！

응원할게요.
eung won hal kke yo
我會為你加油的。

포기하지 마세요.
po gi ha ji ma se yo
不要放棄。

당신은 할 수 있습니다!
dang si neun hal ssu it sseum ni da
你做得到的。

다시 한번 해 봐요.
da si han beon hae bwa yo
再試看看吧。

좋은 기회니까 한번 해 보세요.

jo eun gi hoe ni kka han beon hae bo se yo

這是好機會，你試試看吧。

아직 성공할 가능성이 있어요.

a jik seong gong hal kka neung seong i i sseo yo

還有成功的可能。

용기를 내세요!

yong gi reul nae se yo

拿出勇氣。

낙심하지 말아요.

nak ssim ha ji ma ra yo

不要灰心。

도망가지 마라!

do mang ga ji ma ra

不要逃避！

화이팅

hwa i ting

加油！

정신 좀 차려요!

jeong sin jom cha ryeo yo
打起精神來！

다 잘 될 거예요.
da jal ttoel geo ye yo
一切都會好的。

꿈은 꼭 이루어 질 거예요.
kku meun kkok i ru eo jil geo ye yo
夢想一定會實現。

미래를 생각하세요.
mi rae reul ssaeng ga ka se yo
往前看吧。

아직 희망이 있어요.
a jik hi mang i i sseo yo
還有希望。

용기를 잃지 마세요.
yong gi reul il chi ma se yo
請不要失去勇氣。

마음만 먹으면 뭐든지 할 수 있어요.
ma eum man meo geu myeon mwo deun ji hal

ssu i sseo yo
只要下定決心，什麼都辦得到。

이런 기회는 다시 오지 않아요.
i reon gi hoe neun da si o ji a na yo
這種機會不會再有的。

결코 늦지 않았어요.
gyeol ko neut jji a na sseo yo
絕對還不遲。

성공을 빌게요.
seong gong eul ppil ge yo
我會祈禱祝你成功。

미래를 믿어야 돼요.
mi rae reul mi deo ya dwae yo
你該對未來有信心。

낙관적으로 생각하세요.
nak kkwan jeo geu ro saeng ga ka se yo
您要樂觀一點。

安慰

韓文 위로할 때
發音 wi ro hal ttae

069

應用例句

괜찮아요.
gwaen cha na yo
沒關係。

신경 쓰지 마세요.
sin gyeong sseu ji ma se yo
別擔心。

내가 팍팍 밀어줄게요.
nae ga pak pak mi reo jul ge yo
我會全力支持你的。

걱정 마세요. 틀림없을 거예요.
geok jjeong ma se yo teul li meop sseul kkeo
ye yo
別擔心，不會有錯的。

그냥 운이 나빴다고 생각하세요.
geu nyang u ni na ppat tta go saeng ga ka se yo
你就當作是運氣不好吧。

울지 마세요.
ul ji ma se yo
不要哭。

눈물을 닦으세요.
nun mu reul tta kkeu se yo
把眼淚擦掉吧。

너무 무리하지 마세요.
neo mu mu ri ha ji ma se yo
不要太勉強自己。

이 일은 저한테 맡기세요.
i i reun jeo han te mat kki se yo
這事包在我身上。

괜찮아요. 신경 쓰지 마세요.
gwaen cha na yo sin gyeong sseu ji ma se yo
沒關係，你不必放在心上。

당신 잘못이라고 생각하지 마세요.
dang sin jal mo si ra go saeng ga ka ji ma se yo
不要認為是自己的錯。

이건 네 잘못이 아니잖아.

i geon ne jal mo si a ni ja na

這不是你的錯啊！

누구한테나 있는 일이에요.

nu gu han te na in neun i ri e yo

這是誰都會發生的事。

좋은 날이 곧 올 거예요.

jo eun na ri got ol geo ye yo

好日子一定會來的。

너만 빼놓고 갈 순 없잖아.

neo man ppae no ko gal ssun eop jja na

不會丟下你不管的。

살다 보면 그런 일도 있어요.

sal tta bo myeon geu reon il do i sseo yo

人活著總是會有這種事情。

별 일 아니에요.

byeol il a ni e yo

那沒什麼。

너무 심각하게 생각하지 마세요.

neo mu sim ga ka ge saeng ga ka ji ma se yo

不要想得太嚴重了。

겁먹지 말아요.
geom meok jji ma ra yo
別害怕。

문제 없어요.
mun je eop sseo yo
沒問題。

그런 말 하지 마세요.
geu reon mal ha ji ma se yo
別說那種話。

잊어 버리세요.
i jeo beo ri se yo
把它忘了吧。

저는 괜찮아요.
jeo neun gwaen cha na yo
我沒關係的。

제 걱정은 하지 마세요.
je geok jjeong eun ha ji ma se yo
不用擔心我。

（左側邊欄）Basic Korean Conversation 제로부터 배우는 한국어 회화 從零開始學韓語會話

마음 푸세요.
ma eum pu se yo
別放在心上。

너무 속상해 하지 마세요.
neo mu sok ssang hae ha ji ma se yo
不要太傷心了。

어쩔 수 없는 일이잖아요.
eo jjeol su eom neun i ri ja na yo
那也是無可奈何的事情啊！

많이 힘드시죠.
ma ni him deu si jyo
你很辛苦吧？

조금만 더 참으면 돼요.
jo geum man deo cha meu myeon dwae yo
再忍耐一下就好了。

불행 중 다행이라고 생각해야죠.
bul haeng jung da haeng i ra go saeng ga kae
ya jyo
你該認為是不幸中的大幸了。

너 잘못이 아니야.

neo jal mo si a ni ya

這不是你的錯。

위로해 주셔서 감사합니다.

wi ro hae ju syeo seo gam sa ham ni da

謝謝你安慰我。

덕분에 힘이 나요.

deok ppu ne hi mi na yo

託你的福，讓我又有力量了。

울지 마요. 내가 도와 줄게요.

ul ji ma yo nae ga do wa jul ge yo

不要哭，我會幫助你。

긍정적으로 생각하세요.

geung jeong jeo geu ro saeng ga ka se yo

往好的方向想吧。

孤單

韓文 외로울 때
發音 oe ro ul ttae

 070

應用例句

나는 너무 외로워요.
na neun neo mu oe ro wo yo
我很孤單。

혼자서 외롭지 않아요?
hon ja seo oe rop jji a na yo
你一個人不會孤單嗎?

난 혼자라도 좋아요.
nan hon ja ra do jo a yo
我一個人也不錯。

외로울 때는 무엇을 하십니까?
oe ro ul ttae neun mu eo seul ha sim ni kka
孤單的時候你會做什麼事?

당신이 없으면 매우 외로워요.
dang si ni eop sseu myeon mae u oe ro wo yo
沒有你,我很孤單。

쓸쓸해요.

sseul sseul hae yo

很寂寞。

기숙사 생활이 외롭습니다.

gi suk ssa saeng hwa ri oe rop sseum ni da

宿舍的生活很孤單。

이야기할 상대가 없어서 참 외로워요.

i ya gi hal ssang dae ga eop sseo seo cham oe
ro wo yo

沒有可以講話的對象，真的很孤單。

외로워서 미칠 것 같아요.

oe ro wo seo mi chil geot ga ta yo

我孤單得快要瘋掉了。

전 혼자 살아도 외롭지 않아요.

jeon hon ja sa ra do oe rop jji a na yo

我一個人住也不孤單。

關心對方

韓文 상대방을 배려할 때
發音 sang dae bang eul ppae ryeo hal ttae 071

應用例句

푹 쉬셔야 돼요.
puk swi syeo ya dwae yo
您應該好好休息。

아무리 바빠도 밥은 먹어야지요.
a mu ri ba ppa do ba beun meo geo ya ji yo
再忙也要吃飯啊！

별 일 없죠?
byeol il eop jjyo
你沒什麼事吧？

무슨 일 있었어요?
mu seun il i sseo sseo yo
發生什麼事情嗎？

안색이 안 좋네요.
an sae gi an jon ne yo
你臉色不好呢！

다친 데 없어요?

da chin de eop sseo yo

沒受傷吧？

어디 아파요?

eo di a pa yo

你哪裡不舒服嗎？

너 뭔가 좀 수상해. 무슨 일이 생긴거지?

neo mwon ga jom su sang hae mu seu ni ri

saeng gin geo ji

你有點不對勁，發生什麼事嗎？

피곤해 보이시네요. 좀 쉴까요?

pi gon hae bo i si ne yo jom swil kka yo

您看來很疲倦呢！要休息一下嗎？

무슨 걱정 있나요?

mu seun geok jjeong in na yo

在擔心什麼事情嗎？

永續圖書
線上購物網

www.foreverbooks.com.tw

◆ 加入會員即享活動及會員折扣。

◆ 每月均有優惠活動，期期不同。

◆ 新加入會員三天內訂購書籍不限本數金額，
  即贈送精選書籍一本。（依網站標示為主）

專業圖書發行、書局經銷、圖書出版

永續圖書總代理：

五觀藝術出版社、培育文化、棋茵出版社、達觀出版社、

可道書坊、白橡文化、大拓文化、讀品文化、雅典文化、

知音人文化、手藝家出版社、璞珅文化、智學堂文化、語

言鳥文化

活動期內，永續圖書將保留變更或終止該活動之權利及最終決定權。

韓語館 系列 04

從零開始學韓語會話

| 編著 | 金妍熙 | 執行編輯 | 呂欣穎 | 美術編輯 | 翁敏貴 |

出版社

22103 新北市汐止區大同路三段188號9樓之1
TEL （02）8647-3663
FAX （02）8647-3660

法律顧問 方圓法律事務所 涂成樞律師

總經銷

永續圖書線上購物網
www.foreverbooks.com.tw

CVS代理 美璟文化有限公司
TEL （02）2723-9968
FAX （02）2723-9668

出版日 2012年06月

國家圖書館出版品預行編目資料

從零開始學韓語會話 / 金妍熙著. -- 初版.
-- 新北市：語言鳥文化，民101.06
面； 公分. --（韓語館；4）
ISBN 978-986-87974-5-1(平裝附光碟片)

1. 韓語 2. 會話

803. 288 101006754

語言鳥 **P**arrot 讀者回函卡

從零開始學韓語會話

感謝你對這本書的支持，為了提供您更加完善的服務，請您詳細填寫本卡各欄，並可不定期收到本出版社最新資訊及優惠。您也可以使用傳真或是掃描圖檔寄回本公司信箱，謝謝。

傳真電話：
（02）8647-3660

電子信箱：
yungjiug@ms45.hinet.net

基本資料

姓名： _____ 　○先生　　電話： _____
　　　　　　　　　　 ○小姐

E-mail： _____

地址： _____

購買此書的地點

□連鎖書店　　□一般書局　　□量販店　　□超商

□書展　　□郵購　　□網路訂購　　□其他

您對於本書的意見

內容	:	□滿意	□尚可	□待改進
編排	:	□滿意	□尚可	□待改進
文字閱讀	:	□滿意	□尚可	□待改進
封面設計	:	□滿意	□尚可	□待改進
印刷品質	:	□滿意	□尚可	□待改進

您對於敝公司的建議

新北市汐止區大同路三段188號9樓之1

語言鳥文化事業有限公司

編輯部　收

請沿此虛線對折免貼郵票，以膠帶黏貼後寄回，謝謝！

語言是通往世界的橋梁

語言鳥 **P**arrot
語言是通往世界的橋梁

語言是通往世界的橋梁